鉄道と人が紡《つむ》ぐ
奇跡と感動の実話

「沁《し》みる夜汽車」の物語2

NHK沁《し》みる夜汽車制作チーム［著］

ビジネス社

今日も1日お疲れさまです。
再び、鉄道にまつわる10の物語を紹介します。

人と人とが行き交う駅や列車。
だからこそ生まれたドラマ。
ごゆっくりお楽しみください。

～「沁みる夜汽車」の物語2～

第１話

永遠に心に生き続ける奇跡のように出会った言葉

〜特急白鳥号〜

第３話

鉄道への想いを実らせた
ブルトレ少年と運転士の約束

～天竜浜名湖鉄道～

第5話

空の上から駅を見守る かけがえのない相棒「愛犬タカ」

～JR肥薩線 大畑駅～

第7話

チンチン電車に救われた母と子の運命の1日

〜阪堺電車〜

第8話
体も心も温かくなる駅そば屋に息づく人のきずな

～JR常磐線 我孫子駅～

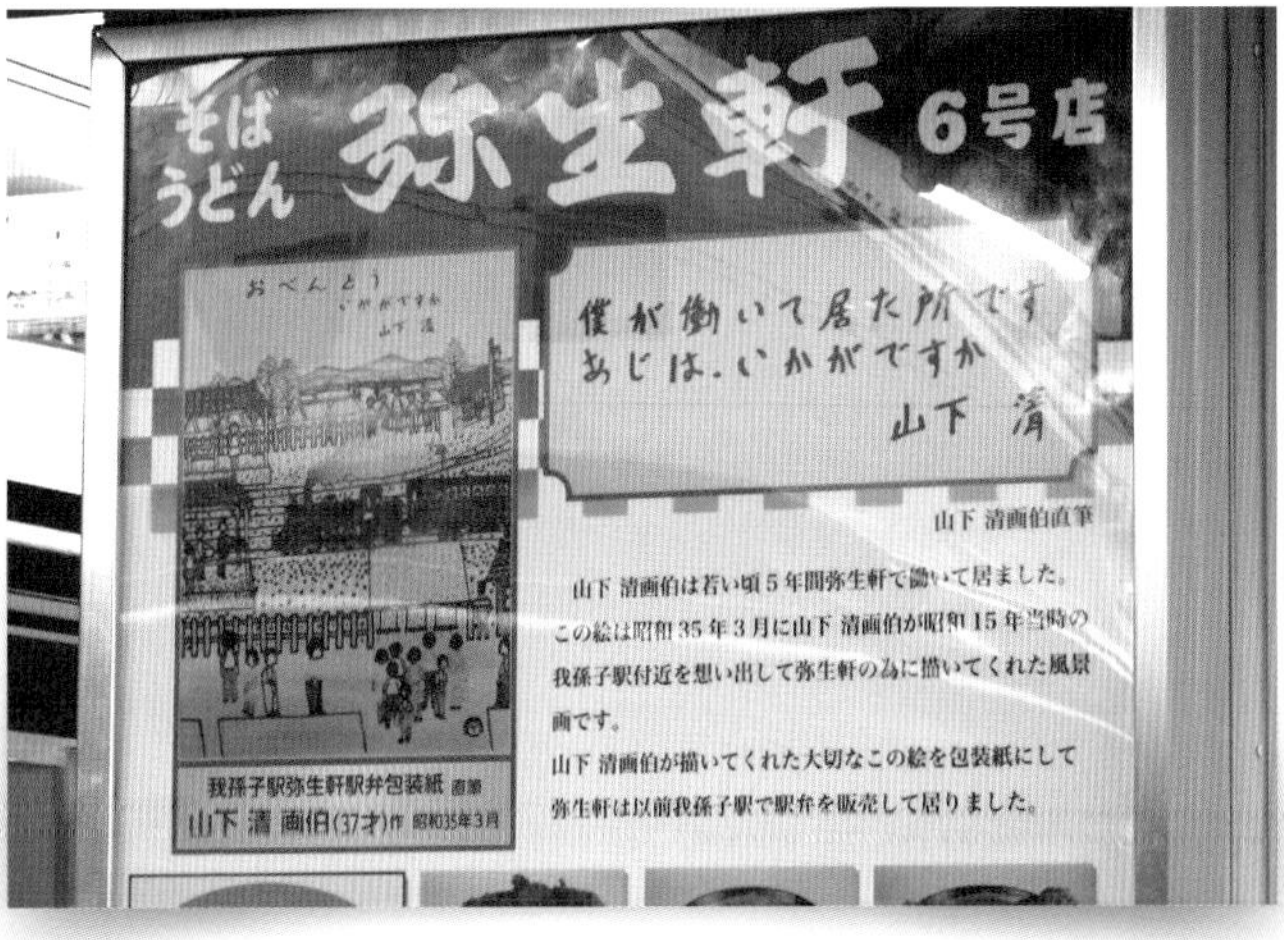

第９話

待っている人に喜びを運ぶ 50年変わらぬ行商の日々

〜京成電鉄〜

第10話

鉄道を愛し人に愛された心やさしき運転士の旅立ち

〜アルピコ交通 上高地線〜

特急白鳥号

松浦鉄道 浦ノ崎駅

天竜浜名湖鉄道

JR上野駅

JR肥薩線 大畑駅

東海道新幹線

阪堺電車

JR常磐線 我孫子駅

京成電鉄

アルピコ交通 上高地線

編成	遠藤洋平
制作統括	猪俣修一 室伏 剛 長洲康宏 藤田裕一
ディレクター	藤井裕也 松永 亨 坂巻章太郎 廣田太郎
プロデューサー	宮崎紀彦 伊藤 学
取材	岩瀬理恵子 加藤了嗣
音楽	飯田俊明
語り	森田美由紀
鉄道写真	佐々倉 実
編集	森崎荘三
音響効果	坂本洋子
制作	NHKグローバルメディアサービス
制作・著作	NHK Robby Pictures

編集協力	山本櫻子
カバーデザイン	原田恵都子（Harada + Harada）
カバー写真	佐々倉 実
本文デザイン・DTP	茂呂田剛（有限会社エムアンドケイ）

第1話

永遠に心に生き続ける
奇跡のように出会った言葉

〜特急白鳥号〜

大阪から青森まで、日本海側の鉄道路線を結ぶ日本海縦貫線。

かつて、この路線に昼間に運行する特急列車としては日本一の走行距離を誇る「白鳥号」が走っていた。


いまから50年以上前の1969年1月2日——。

午前8時30分、大阪発青森行きの白鳥号に、晴れ着を身にまとったひとりの女性が乗り込んだ。

名前は福田友伎子《ふくだゆきこ》さん。目的地は、山形県に広がる庄内平野の中心に位置する余目《あまるめ》駅で、到着予定時間は夜の8時ごろ。

晴れ着を着ていたのは、交際相手の実家にはじめてのあいさつに行くからだった。


友伎子さんの交際相手は、山形県出身で大阪の商社に勤める佐藤修三《さとうしゅうぞう》さん。1968年10月、ふたりはお見合いで知り合った。

友伎子さんは、大学理事長の秘書を務める、いわばキャリアウーマン。一方で30歳を目前にしていたこともあり、いまでいう「婚活」にも力を入れていた。

永遠に心に生き続ける
奇跡のように出会った言葉
〜特急白鳥号〜

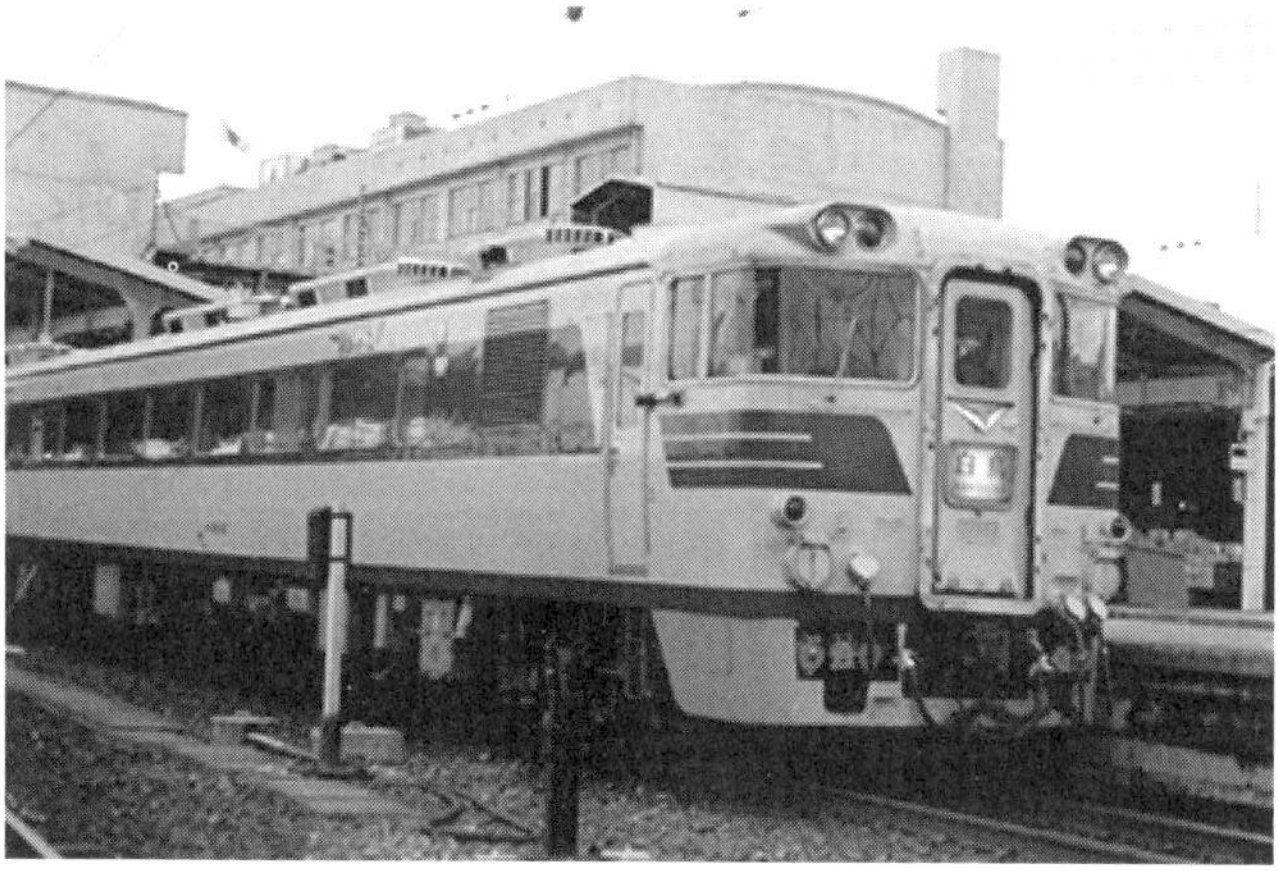

当時の女性の平均結婚年齢は24歳。修三さんと出会ったのは、10回目のお見合いでのことだった。

過去9回のお見合い相手は、どこかピンとくるものがなかったが、修三さんとは喫茶店ではじめて会うや、たちまち意気投合。ほどなく交際へと発展した。

食べ物の好みも一緒。声もよく、清潔感がある風貌や誠実な人柄にも惹《ひ》かれた。

そして何より決め手となったのは、修三さんがサラリーマンだったこと。

友伎子さんの実家は果物屋だった。休みなどなく、子どものころから家族総出で毎年それこそ大みそかまで働きずくめ。

そんな生活環境に嫌気がさしていた友伎子さんは、専業主婦になることを夢見ていたのだ。

デートの際、修三さんは友伎子さんを美術館や音楽会、お茶会などに連れて行ってくれた。子どものころから働き続け、大人になってからも仕事やお稽古事で忙しく、遊ぶ時間すらなかった友伎子さん。だが、修三さんと付き合うにつれ、自分の世界も広がっていったように感じられた。

「これまでの人とは違う」

友伎子さんは、修三さんに運命的なものを感じていた。

その後も交際を続けたふたりは、出会ってわずか2カ月で結婚することを約束。そして12月、修三さんは友伎子さんの実家に結婚のあいさつにやってきた。そのとき、友伎子さんは修三さんから「お正月に山形の実家に来て、家族に会ってほしい」と言われた。

こうして、今度は友伎子さんが彼の家族に会いに行くこととなった。

翌年の1月2日、友伎子さんを乗せた特急白鳥号は、快晴の大阪を定刻通りに出発した。

しばらくすると、友伎子さんは隣に座っていた男性客から声をかけられた。

見た目からすると60代。「紳士」という言葉が似合う風格ある人物だった。

その男性は、はじめは新聞を読んでいたが、晴れ着姿を不思議に思ったのか、友伎子さんに「どこまで行かれるんですか？」と聞いてきた。友伎子さんは素直に「これから婚約者の実家の山形に向かうんです」と答えた。

すると、男性客は友伎子さんに名刺を差し出した。

「私は大阪で会社を経営している者です。終点の青森まで行って、そこから青函連絡船で北海道に向かう予定なんですよ」

実は数年前に友伎子さんも、友人4人で夏休みを利用して白鳥号で青森まで向かい、青函連絡船に乗って北海道まで旅行に行っていた。

大阪から青森まで15時間の長旅だったが、友人たちとおしゃべりをしていると、あっという間に時間が過ぎたことをよく覚えている。

だが、今回の旅は、あのときとはまったく違った。

修三さんの実家は遠方のため、家族は付き添わず向かったのは友伎子さんだけ。こんなに長距離をひとりで移動するのは、はじめてのことだった。

さらに、いまさらながらもうひとつ気がかりなことがあった。それは、ふたりの育った環境の違いだった。

こちらはいかにも大阪の商売人の出。それに対し、相手の一家は銀行員や教師など堅い職業に就いている人が多い、いわゆるエリート家系だ。

しかも、家族のなかには交際期間が短いことを懸念して、結婚に反対している者もいると聞いていた。

「これから受けるのは面接試験。そこで『あんなのやめときや』って言われたらどうしよう……」

列車は青空の下を走り続けたが、そんな空模様とはうらはらに、友伎子さんの心は暗い雲で覆われていった。

やがて、滋賀県の米原《まいばら》駅を過ぎたあたりで、窓の外にちらほらと雪が舞いはじめた。

そして、列車も減速。新潟県に入るころになると雪の勢いは増し、ついには吹雪となってしまった。

雪が激しさを増すにつれ、列車はさらにスピードを落としていく。

友伎子さんは、気が気ではなかった。

修三さんの家族に心配させないよう連絡したかったが、まさかこんなことになるなど思いもせず、実家の電話番号を聞いていなかったのだ。

よりによってこんな日に。もし、山形にたどり着けなければどうなってしまうんやろう――。

列車は車内アナウンスもないまま走っては停まり、停まっては走るを繰り返すノロノロ運転となった。

その後も徐行運転を続けた白鳥号は、本来は通過駅である新潟県西部の糸魚川《いといがわ》駅でストップ。そしてようやく車内アナウンスが流れた。とにかく情報が欲しかった友伎

永遠に心に生き続ける
奇跡のように出会った言葉
～特急白鳥号～

子さんは、その内容に耳をそばだてた。すると思いも寄らない知らせが。

「猛吹雪でこの列車はこれ以上進めません。大阪に戻ります」

やっと山形の隣の新潟県まで来たのに……。しかも彼は4日が仕事始め。今日行って明日3日には帰らないといけないから、これ以上遅れるわけにはいかない。第一、ほかのルートなんてわからないし……。

「うわー、あかん！」と途方に暮れた友伎子さんは、思わずつぶやいた。

「困りましたなぁ。やりきれませんね」

すると、隣の男性客がこのひと言に反応した。

「槍《やり》は切るもんじゃありません。通すものですよ。あなたも、やり通しなさい」

「その通りだ。なんとかやり通さないと」

どうすればいいのか、まったくわからなかった友伎子さんの心に、この言葉が深く突き刺さった。

さらに男性は続けた。

「山形へは別のルートでも行くことができる。あなたは米原まで戻って、そこから東京へ出るといい。そして東京からは……」

行ったこともない東京を経由するなんて、本当にできるのかと不安がよぎったが、いまはなんとしてでも、山形にたどり着くしかない。友伎子さんは腹をくくった。

よし、これで行けるんだったら行ってみよう。日本国内、字すら読めればどうにかなるはず――。

そして、糸魚川駅から修三さんの実家に電報を打った。

「オクレルガ カナラズイキマス」

とはいえ戻りの列車も、雪のため思うように進まない。夜になり、朝になり、ようやく着いた米原駅。友伎子さんは、隣の男性客にお礼を述べると、教えてもらった通り東海道線に飛び乗った。

大阪を出発して、すでに丸1日が過ぎていた。

東京に着いたのは1月3日の午後。緊張のせいか、飲まず食わず、睡眠もとらず、トイレに行った記憶もなかった。

だが、友伎子さんには一刻の猶予もない。列車から降りると、すぐに人混みをかき分け、東京の「北の玄関口」である上野行きの電車を探し出して乗車。そして夕方、上野駅から福島方面への列車に乗り込んだ。

その際に再度、修三さんの実家に何時の列車に乗ると電報を打った。

「とにかく、修三さんのところに行かないと」

頭ではそう考えていたが、心のなかの心配事が消えることはなかった。

一体、彼の実家はどう思っているのだろう。本当だったらいまごろとっくに、両親にもあいさつしていたはずなのに――。

ふと窓の外に目をやると、また雪が降っていた。

果たして列車は、このまま走り続けてくれるのだろうか――。

友伎子さんの胸のうちで募る不安と歩調を合わせるかのように、雪はいつまでも降り続けた。

その日の夜、列車はどうにか福島駅にたどり着いた。友伎子さんは休憩を取ることなく時刻表を探し、福島駅午後11時46分発の奥羽《おうう》線に乗車。そして、それからおよそ3時間後、翌4日未明に山形県の新庄《しんじょう》駅に到着した。

そのまま一睡もせず、朝日が昇る新庄駅からは陸羽西線《りくうさい》の始発に乗り込み、1時間後、友伎子さんはようやく目指す余目駅にたどり着いた。大阪を出発してから2日、6本の列車を乗り継ぎ、特急白鳥号で偶然出会った隣の男性客のアドバイスと自身の意志の力で、ついに目的地までやってこれたのだ。

余目駅のホームには雪が降り積もっていて、列車を降りるとぞうりが雪のなかにずぶりと埋まった。

そして改札口を出ると、そこには修三さんの姿が。東京からの電報を受け取った修三さんは、到着時間を逆算し、駅でずっと待っていてくれたのだ。

「よう来たなあ、よう来てくれたなあ」

そして彼は言葉を継いだ。

「根性あるなあ」

その瞬間、張りつめていた気持ちが一気に緩んだ。

永遠に心に生き続ける
奇跡のように出会った言葉
～特急白鳥号～

友伎子さんは修三さんの実家に向かう道すがら、ここまでの道のりがどんなに大変だったか話した。もちろん、白鳥号で隣り合わせた男性客とのやり取りも、事細かに伝えた。それを聞いた修三さんは、こう返した。

「ええ人に会《お》うた。よかったな」

修三さんの実家に着くと、その大きさに驚かされた。ここで、これから面接試験と思うと、ワクワクよりドキドキのほうがはるかに強かった。

実は修三さん自身、母からこう言われていたという。

「彼女が来なかったら、この縁談話はなかったものと思って」

だが、心配は杞憂《きゆう》に終わった。約束を守って会いに来てくれた友伎子さんを、修三さんの家族は温かく迎え入れてくれた。山形の郷土料理が振る舞われ、友伎子さんの心もようやく晴れわたった。

永遠に心に生き続ける
奇跡のように出会った言葉
〜特急白鳥号〜

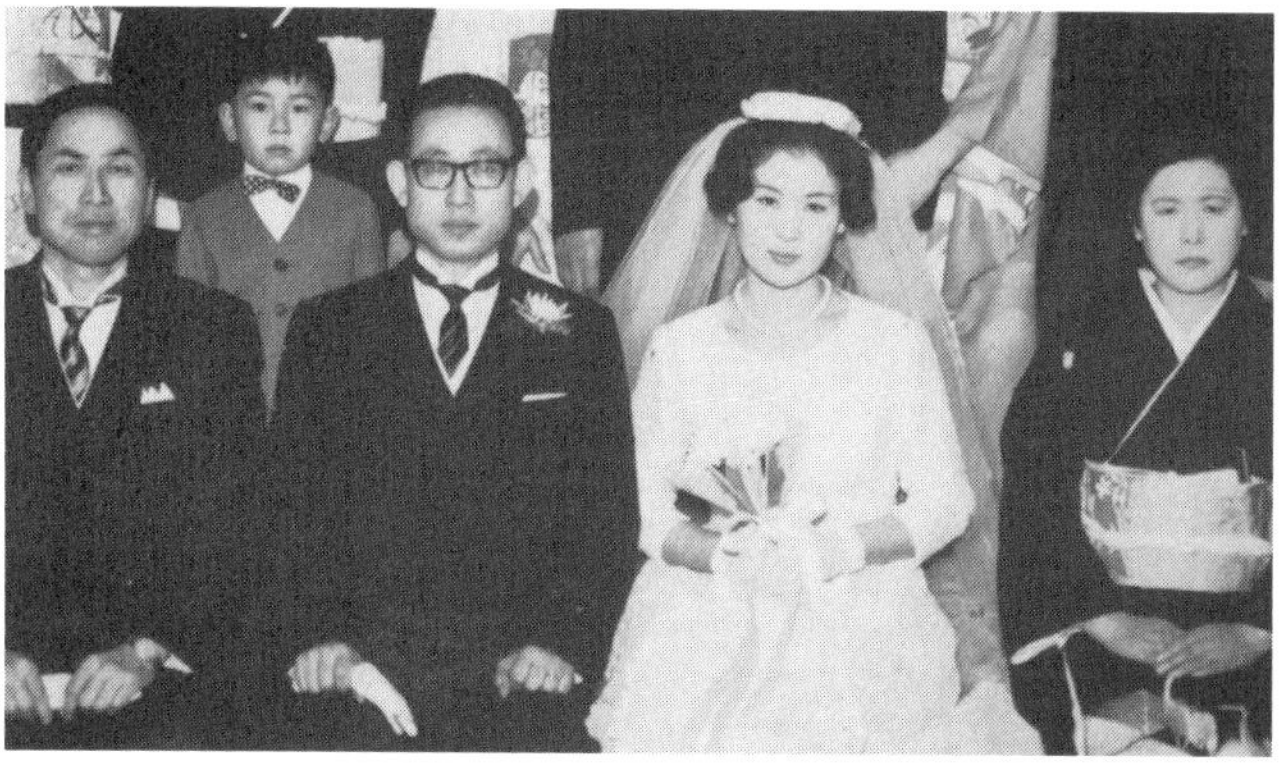

翌日、帰りは修三さんと一緒に大阪に帰った。

そして3月、ふたりは結婚。式は山形で行われることとなったので、今度はふたり一緒に白鳥号に乗った。


あれから50年あまり——。

育った環境の違いも乗り越え、ときに山形の修三さんの実家にも助けられながら、3人の子どもを持つ幸せな家庭を築くことができた。

もちろん、まったく平穏無事な毎日だったわけではない。とりわけ結婚7年目、長男がまだ幼稚園生だったころのこと。夫の思わぬ行動にショックを受けた。

修三さんが、いきなり会社を辞めたのだ。あこがれのサラリーマンとの結婚、そして専業主婦生活はあっけなく終わりを告げた。

しかし友伎子さんは思った。

私は彼が好きになって一緒になった。けっして彼の職業と結婚したわけやない。な

んとか結婚生活をやり通そう――。

友伎子さんは百科事典のセールスや書道教室、修三さんは学習塾経営と、できる限りのことをし、どうにか家庭の危機を乗り越えた。

あの雪の日、大変な思いをしても、けっしてあきらめなかったことで、何があっても困難を乗り越えられる力が、友伎子さんには身についていた。

２００１年、ダイヤ改正により白鳥号は廃止された。

隣に居合わせた紳士然とした男性客も、おそらくこの世を去っているだろう。

だが、奇跡のように出会えたあの言葉は、友伎子さんの心のなかで永遠に生き続けることとなった――。

「槍は切るものではありません。通すものです。やり通しなさい」

第2話

駅の桜が与えてくれた
あきらめずに生きる勇気

～松浦鉄道 浦ノ崎駅～

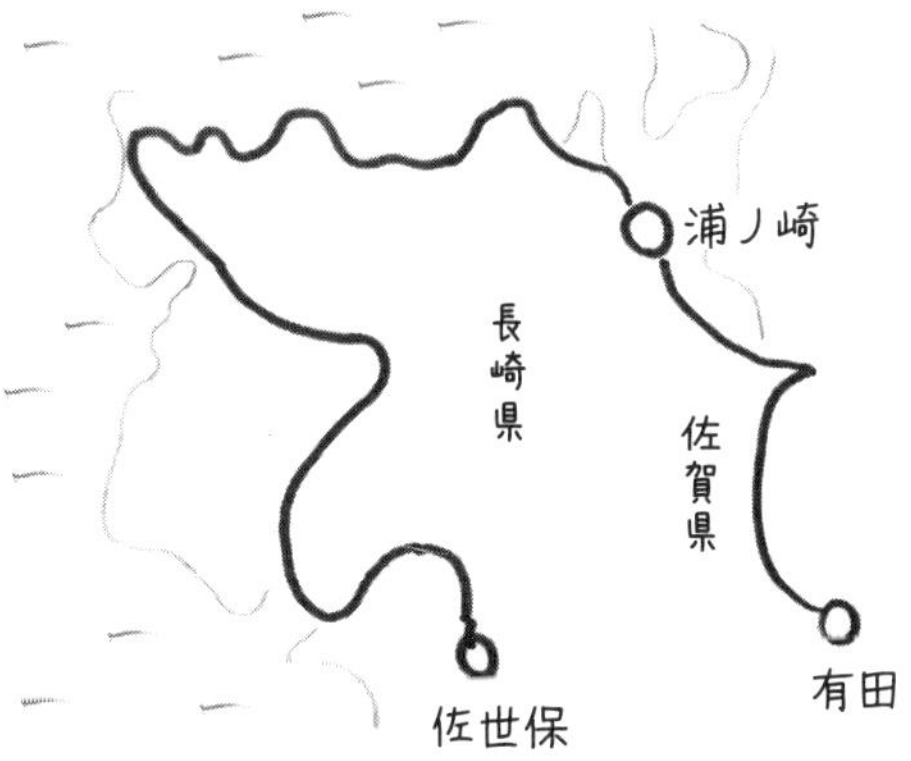

焼き物の一大産地である佐賀県の有田《ありた》・伊万里《いまり》と、造船所、軍港で知られる長崎県の佐世保《させぼ》間を、九州の北西部、北松浦《きたまつうら》半島に沿ってぐるりと結ぶ松浦鉄道。モノレールなどを除く一般的な普通鉄道における日本最西端の路線である。

今回の物語の舞台は、同線の浦ノ崎《うらのさき》駅。

ここは「桜の駅」と呼ばれている。

線路をはさんで両側におよそ90本のソメイヨシノが連なり、春になると美しく咲き誇る。1日の平均利用客は80人ほどという小さな無人駅だが、開花シーズンに合わせて「桜の駅まつり」が開催され、県内外から普段の50倍となる4000人もの観光客が訪れる。

お目当ては、電車が入ってくると同時に、ホームや線路に敷きつめられた薄ピンク色の花びらが一斉に舞い上がる、この駅ならではの美しい光景だ。

3月のある日――。

桜の駅まつりを目前に控え、浦ノ崎駅周辺の桜の木を1本1本見回りながら、枯れ

第2話

駅の桜が与えてくれた あきらめずに生きる勇気

〜松浦鉄道 浦ノ崎駅〜

枝を取り除く男性がいた。

この物語の主人公、井手一雄《いでかずお》さん。

井手さんは、桜の駅まつりの実行委員長であり、2010年から浦ノ崎駅の名誉駅長も務めている。

井手さんは、まだ花が咲いていない桜を励ますような視線で見つめながら、「がんばってくれ」と心のなかでエールを送った。

実は、浦ノ崎駅の桜は病により長らく咲くことを忘れていた。

いまのような輝きを取り戻したのは、10年ほど前のことだ。

井手さんが浦ノ崎駅の桜を知ったのは、この街で生まれ育った妻の弘子《ひろこ》さんのひと言だった。

「桜が咲かないとさびしいわねえ」

そのとき井手さんは、「そんなものかな？」くらいにしか思わなかった。15年ほど前、

 第2話

駅の桜が与えてくれた
あきらめずに生きる勇気

〜松浦鉄道 浦ノ崎駅〜

駅の近くに引っ越してきたものの、とくに桜に関心があったわけではなかった。

井手さんは、伊万里生まれ。まだまだ「戦後」が終わらぬ混乱のなか、厳しい生活環境で育った。

5人いた兄弟は、すべて中学校を出たら就職。3番目の井手さんは工作が得意だったため、九州の大手電気設備会社に就職した。人一倍仕事に打ち込み、結婚するまでは給料の7割くらいを実家に送金していたという。

そうした仕事への熱意が買われて、弱冠20歳で研修所の教官に抜擢《ばってき》され、後輩を指導する立場を任された。

「男は仕事をして稼ぐもの」というのが当たり前だった当時、井手さんは仕事に熱心に取り組んだ。給料は能力給だったため、結果を出せば出すほど収入もそれに見合ってアップしていった。

やがて、弘子さんと結婚し3人の子どもに恵まれても、プライベートを犠牲にして仕事を優先。むしろ、自分が苦しい時代を経験し、中学までしか行けなかったことから、「子どもたちには学校に行かせたいし、貧しさを味わわせたくない」と、ますます仕事に打ち込んだ。

当然、家庭のことや子育てはほとんど弘子さんに任せっきり。接待などで朝帰りは当たり前。土日も、ほぼ休みなしで働いた。

その結果、30歳手前で班長、40歳手前で主任と異例のスピードで出世。伊万里の営業所でナンバーワンの成績を残すまでになった。

その手腕を買われた井手さんは、生産性の低さが悩みのタネだった別の営業所の立て直しを命じられる。

だが、異動して、すぐに成果など出るはずない。スタッフとの意思疎通にも、時間がかかる。もちろん、これまでとやり方が違えば、それをめぐって摩擦が生じることもあった。

伊万里時代も休みはほとんどなかったが、ゼロからのスタートだったこともあり、なおさら休めない。しかも単身赴任だったため、付き合いの暴飲暴食もひどくなる一方だった。

するとある日、井手さんは、これまで経験したことのないような痛みを胃のあたりに感じた。

だが、定期健診でバリウム検査を行っても異常なし。

「どうせ、胃潰瘍《いかいよう》かストレス性の痛みだろう」

井手さん自身、そのくらいにしか思っていなかった。ただ、痛みは消えなかったので、とりあえず市販の胃薬を飲んでごまかしていた。

やがて、井手さんのリーダーシップに部下たちもついていくようになり、営業所の成績も徐々に好転。ついには、九州でトップクラスの営業所へと上りつめた。

井手さんの絵に描いたような仕事人間ぶりも、変わらなかった。

ところが、49歳のとき突然吐血してしまう。

緊急搬送された病院で検査を受けると、ステージ4の胃ガンと診断された。

ガンは検査では見つかりにくい胃の外側にあり、その営業所にいた9年にわたり、知らず知らずのうちに大きくなっていたのだ。

この段階ですでに胃に穴が空いていて、周囲の臓器もダメージを受けていた。すぐに胃をすべて摘出しなければならない。

術前、医師から宣告された。

「たとえ手術が成功しても病気が完治する保証はなく、5年以内に再発すれば生存率は50%です」

まだまだ働き盛りの年齢。思わぬ事態に、井手さんは目の前が真っ暗になった。だが、家族には落ち込んでいた姿はけっして見せず、弱音も絶対に吐かなかった。

幸い手術は成功に終わった。しばらく入院したのち、自宅療養することとなった。ところが、どうしても以前のように体の自由がきかない。トイレまでは歩いていけるが、外を歩くと途端に体がきつくなる。

それでも、井手さんの仕事への熱意は消えなかった。自宅療養してからわずか3カ月後、井手さんは職場復帰を決意した。

こうして、再び会社へ通いだしたが、体の調子は一向に上がらず、全身の震えまで起こってしまう。しかも、結核と同様の症状が出る病気にもかかってしまった。その薬を飲むと、嘔吐もするし、赤みがかった汗や涙も出てくる。

もうダメだ。さびしいし悔しいけど、体がいうことをきかない。このままでは周りに迷惑をかけるばかりだ――。

さすがの井手さんも、仕事をあきらめざるを得なかった。ちょうど早期退職を募集していたのでそれに応じ、36年間勤め続けた会社を辞めることにした。52歳のことだった。

会社を辞めると、浦ノ崎にある弘子さんの実家に引っ越し、療養に努めた。

だが、なかなか体力が回復しない。食事もあまり食べられず、70キロあった体重は42キロまで減った。

弱っていく体と向き合っていると、心にぽっかりと穴があいたような無力感が襲ってくる。孫が生まれたばかりだし、子どもの大学入学費用も必要だった。

だが、働きたいという気力はあるものの、体力が追いつかない。

家事をしながら働きに出て、家計を支える弘子さんの姿に、井手さんは自分の不甲斐《ふがい》なさを感じて腹が立ちもした。

少しでも、妻の帰りが予定より遅いと「なんで遅かったんだ！」と問いつめる。単純に、帰宅時間に合わせてつくっていた食事が冷めてしまったから、という理由にすぎなかったのだが、井手さんは感情を抑えられなかった。

もちろん、死に対する怖れもあった。そのため、心はいっそうかき乱された。

仕事中心だった生活が突然奪われて、井手さんはどう生きていけばいいかわからなくなった。何もできないもどかしさにさいなまれる日々。

いっそ自分が死ねば保険金が入り、家族の役に立てるのではないか――。

そこまで思いつめたこともある。

それでも、なんとか療養生活を続けた。さらに、毎日大量に飲んでいた薬の服用を、医師のアドバイスに従いやめてみたところ、体調も少しずつ戻ってきた。

やがて、療養生活も3年が過ぎたころのこと。

井手さんは、弘子さんの知り合いを介して、浦ノ崎駅の桜保存会に誘われた。はじめは正直、「桜なんて」という思いがどこかにあって、あまり乗り気ではなかった。

だが、現場に立ち会った樹木医の話を聞いて、桜への見方が変わった。

浦ノ崎駅の桜は、半分が「てんぐ巣病」という伝染病にかかっていて、以前のように花を咲かせることができなくなっている。しかも、この病気は放っておけばどんどん患部が広がる厄介な病気だという。

病気を取り除くには、きめ細やかなメンテナンスが必要だとのこと。その代わり、「手

駅の桜が与えてくれた
あきらめずに生きる勇気
～松浦鉄道 浦ノ崎駅～

当てをすれば、きっとまた花が咲く」と樹木医は語った。

いまでは無人駅となって荒れ放題となり、見向きもされなくなった桜。何もしなければ枯れていくだけ。でも手当てをすれば、きっとまた花が咲く――。

まるで、病に侵された桜と自分が同じ運命に思えた。


そこから井手さんは、地域の人たちに加わって桜を復活させる活動に取り組みはじめた。活動にたずさわっているうちに、「また花を咲かせてやりたい」という想いがどんどん強くなっていった。

病気になった枝を切り、そこに殺菌剤を塗る。根を強くするため栄養剤を注入する。周りの草を取り除く……。

ただし、桜の木の高さは15メートルほどあるので、病気の部位をすべて取り除くことができない。

そこで井手さんは、かつての職場から高所作業車を借りてみようと考えた。早速連

駅の桜が与えてくれた
　あきらめずに生きる勇気

〜松浦鉄道 浦ノ崎駅〜

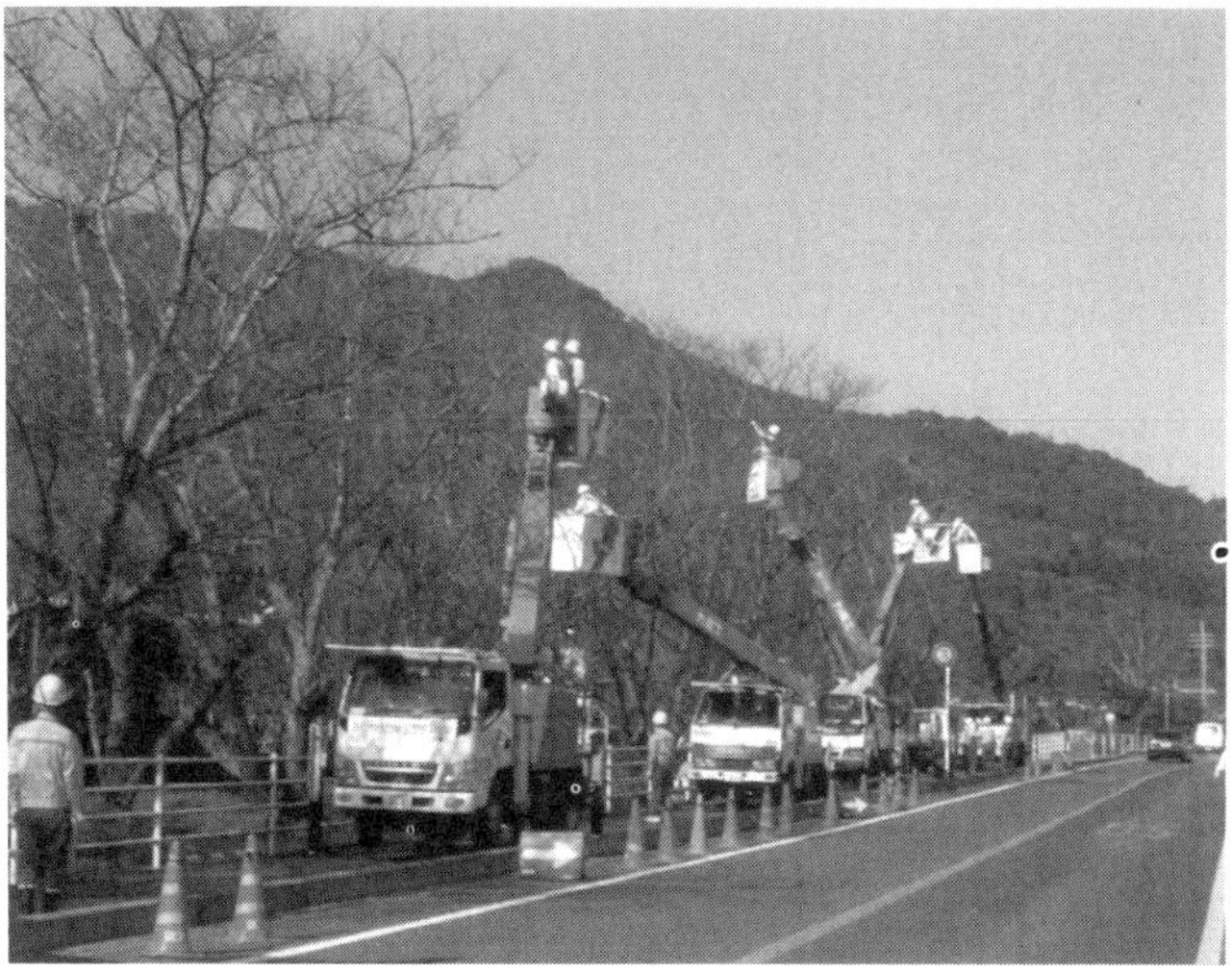

絡を取ってみたところ、快く協力してくれるとのこと。しかもスタッフまで手配し、すべて無償で協力してくれるという。

こうして、多くの人たちの応援と努力のかいあって、翌年から桜は少しずつ、花を咲かせはじめた。

一輪、また一輪と花が咲こうとしている。井手さんは、それだけでうれしかった。

一般的なソメイヨシノの寿命は60〜65年。浦ノ崎駅のソメイヨシノは、1930年の開業当時に植えられたものだから、それをゆうに超えている。

自らもメンテナンスが必要な体で、命を削るかのように桜の手入れに力を入れてきた。そして桜がよみがえっていくにつれ、励まされるように井手さん自身も元気を取り戻していった。

やがて浦ノ崎駅の桜は、再び満開の時期を迎えるようになった。

そこで2009年、井手さんが音頭を取って「桜の駅まつり」を開催した。

はじめたばかりのころの来客数は、200人ほど。それが、年を追うごとに絶好のお花見スポットとして注目を集めるようになり、いまではたくさんの人が、この春のイベントを楽しみに待っている。

つぼみがつきはじめる時期が来ると、井手さんは弘子さんを駅に誘う。弘子さんは桜がまた咲くようになったことを喜んだ。

「桜が咲かないとさびしい」と言っていた妻。

いまはその気持ちがよくわかる。

満開の季節を迎えるたびに、井手さんは「また1年生きられた」と思う。

あれから20年ほどたったが、幸いガンは再発していない。

井手さんの目標は、この桜を100歳まで生かすことだ。そのために「自分も、まだ死ねない」と話す。

その目標に向けて井手さんは今日も、桜とともに強く生きている。

第3話

鉄道への想いを実らせた
ブルトレ少年と運転士の約束

～天竜浜名湖鉄道～

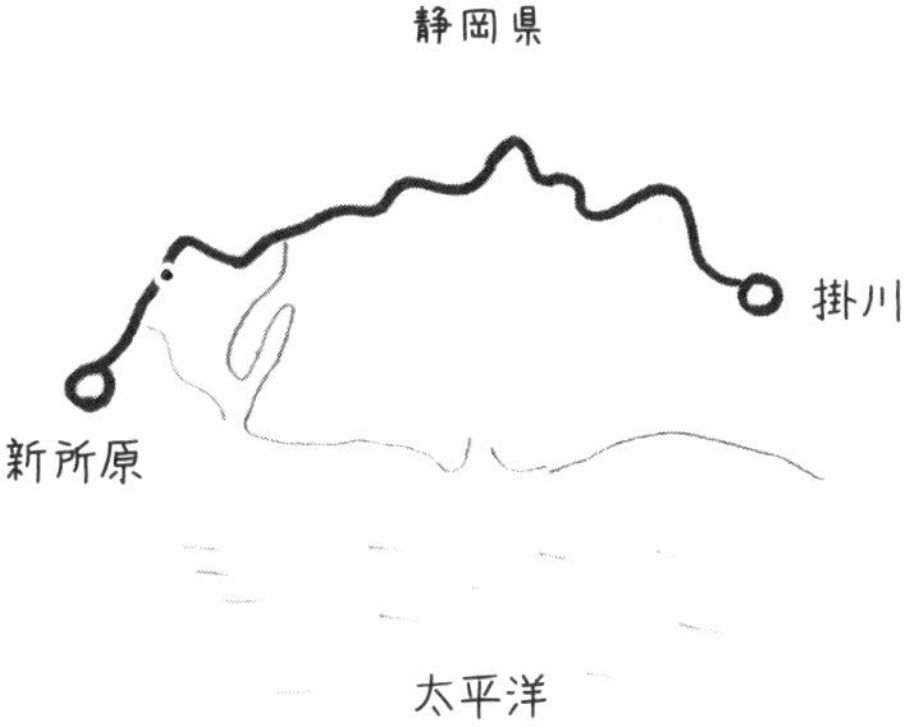

東海道新幹線への乗り換えができる静岡県の掛川駅《かけがわ》と、同県の最西端、愛知県との県境に位置する新所原駅《しんじょはら》を結ぶ天竜浜名湖鉄道天浜線。

1940年に東海道本線の迂回路《うかいろ》として全線開通した旧国鉄二俣線《ふたまた》をそのまま引き継いでおり、転車台や駅舎、プラットホームなど、36もの登録有形文化財を有する貴重なローカル線だ。

この天浜線に、鉄道とはまったく畑違いの仕事から転職し、40歳で運転士デビューを果たした人物がいる。今回の物語の主人公、岩堀英晃《いわほりひであき》さんだ。

岩堀さんにとって、電車の運転士になるのは幼いころからの夢だった。

岩堀さんが鉄道少年になったきっかけは、寝台特急、通称「ブルートレイン」。

5歳のときにはじめて、東海道線を走っているブルートレインを目にした。いつも見ている普通列車とは違う、青い車体に目がくぎづけとなった。

それから父が、ブルートレインを見ることができる家の近所のポイントを調べてくれたので、日曜日、連れて行ってもらった。

 第3話

鉄道への想いを実らせた
ブルトレ少年と運転士の約束

〜天竜浜名湖鉄道〜

徐々に間近に迫るブルートレイン。

そのとき岩堀さんは、近づいてくるブルートレインに手を振りたくなった。それまで、列車に手を振りたいなど、思ったこともなかった。

岩堀さんは父にたずねた。

「手を振ってもいい？」

「いいよ。振ってごらん」

岩堀さんがブルートレインに手を振ると、思いがけないことが起こった。

ピーッ！

汽笛が鳴った。そして、運転士が窓を開けて岩堀さんに手を振り返してくれたのだ。

 第3話

鉄道への想いを実らせた
ブルトレ少年と運転士の約束

〜天竜浜名湖鉄道〜

岩堀さんはうれしさのあまり、飛び跳ねてはしゃいだ。

それ以来、完全にブルートレインのとりこになった。いや、正確に言うと、手を振ってくれた運転士の姿に心を奪われた。

それ以来、毎週日曜日の朝のルーティンは、父に頼んでブルートレインを見に連れて行ってもらうこととなった。

普段は早起きが大の苦手だったが、ブルートレインを見に行くとなると、朝6時には目を覚まして「早く行こうよ」と父にねだった。父はブルートレインと息子の様子を収めるため、ビデオカメラを片手に近所の線路に向かった。

そして、ブルートレインがやってくる時間を見計らって、線路のそばに立って待つ。遠くにブルートレインの姿が見えると、胸が高鳴る。

「また手を振り返してくれるかな？」

淡い期待を込め、運転席に向けて大きく手を振った。だが実際のところ、手を振り返してくれる運転士はほとんどいなかった。ブルートレインがそのまま通り過ぎてしまうと、ガッカリして帰り道につく岩堀さん。

だが、何度も通い続けているうちに、だんだんと手を振り返してくれる運転士が増えていった。遠くから岩堀さんの姿に気づいて、はじめて出会ったときのようにブルートレインが汽笛を鳴らしながら近づいてくることもあった。

こうして毎週、ブルートレインを見に行っているうちに、いつしかほとんどの運転士が岩堀さんに手を振り返してくれるようになった。

岩堀さんは、父の勧めでブルートレインの運転士に手紙を書いたこともある。

ぼくが手を振ると、窓を開けて手を振ってくれてありがとう。ぼく、とってもうれしいよ——。

後日、返事が返ってきた。

英晃くんからのお手紙、早速ブルートレインのおじさんたちに読んでもらいました。ブルートレインの運転を受け持っている静岡運転所にも、機関士のおじさんたちが60人ほどおり、みんな元気にがんばってブルートレインを運転しております——。

岩堀さんは、もらった手紙を友だちに得意げに見せた。ときには、ブルートレインの運転士に直接会いに行ったこともある。そして、運転席に座らせてもらったり、あこがれの運転士とツーショットの写真も撮ってもらったりもした。

そのとき、岩堀さんは運転士と約束した。

「大人になったらブルートレインの運転士になる」

運転士は答えた。

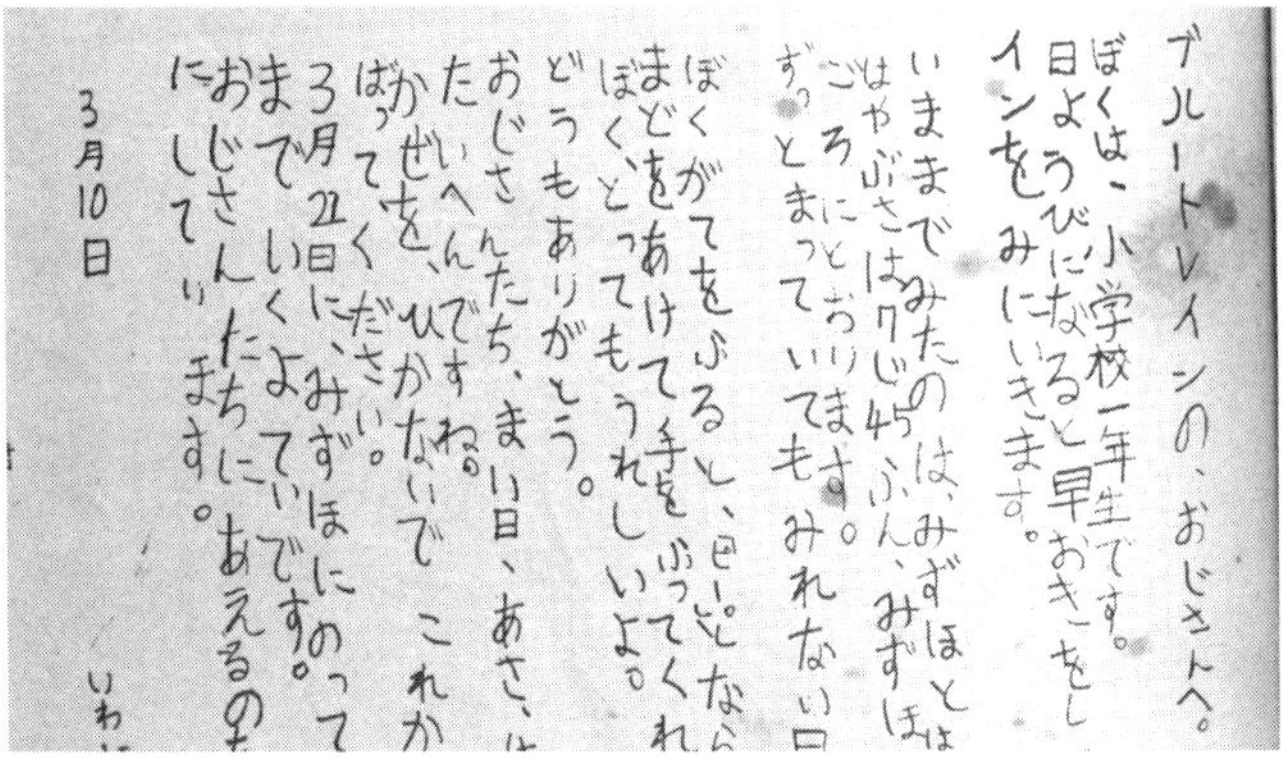
ブルートレインの、おじさんへ。
ぼくは、小学校一年生です。
日ようびになると早おきをし
インをみにいきます。
いままでみたのは、みずほとは
はやぶさは7じ45ふん、みずほ
ごろにとおります。
ずっとまっていてもみれない日
ぼくがてをふると、ピーピーなら
まどをあけて手をふってくれ
ぼくとってもうれしいよ。
どうもありがとう。
おじさんたち、まい日、あさ、
たいへんですね。
かぜをひかないで これか
ばってください。
3月21日に、みずほにのって
までいくよていです。
おじさんたちにあえるのを
にしています。
3月10日
いわ

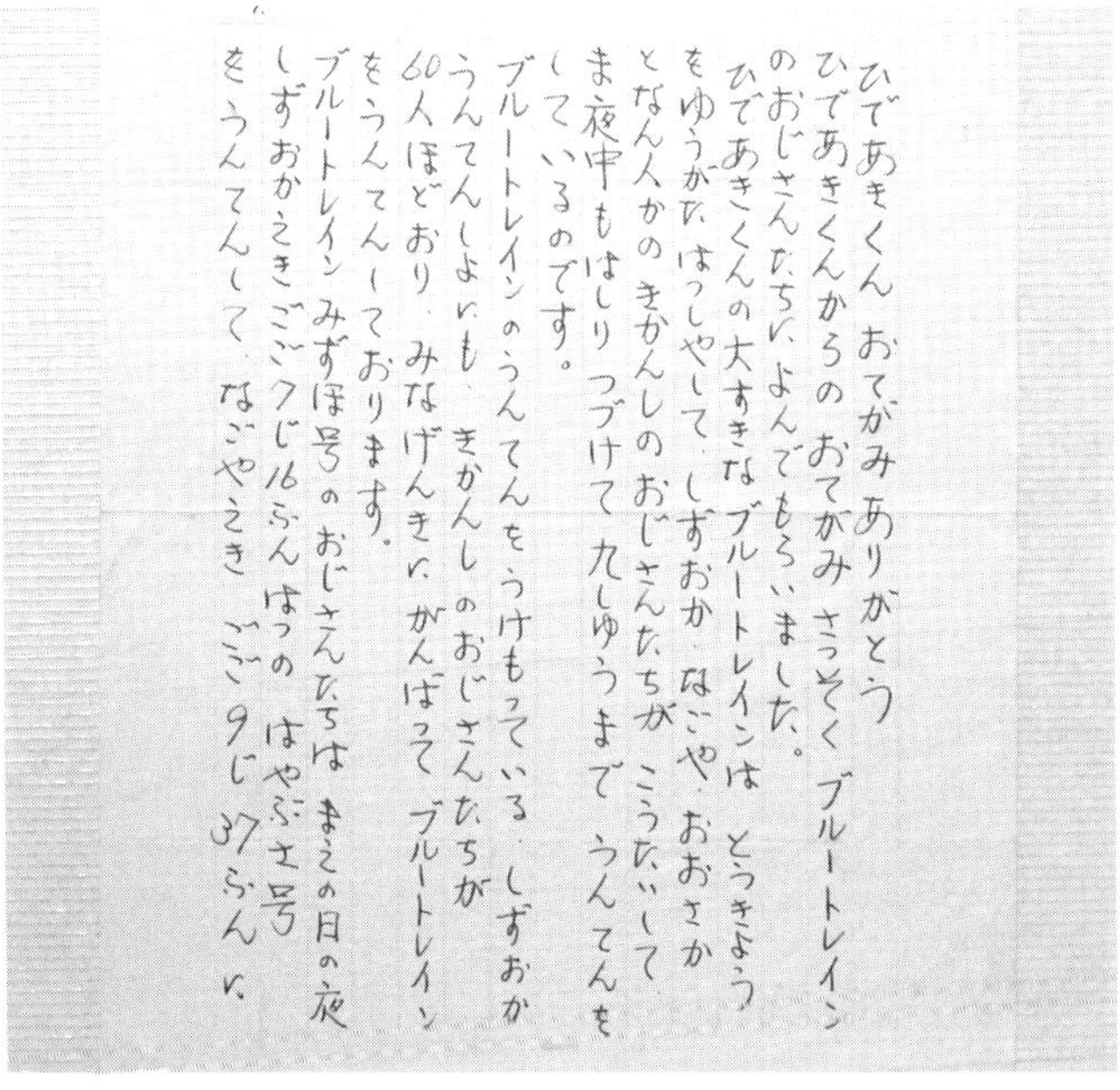
ひであきくん おてがみ ありがとう
ひであきくんからの おてがみ さっそく ブルートレイン
のおじさんたちに よんでもらいました。
ひであきくんの大すきな ブルートレインは とうきょう
をゆうがたに はっしゃして しずおか なごや おおさか
となん人かの きかんしの おじさんたちが こうたいして
ま夜中もはしりつづけて 九しゅうまで うんてんを
しているのです。
ブルートレインのうんてんを うけもっている しずおか
うんてんしょにも きかんしの おじさんたちが
60人ほどおり みなげんきに がんばって ブルートレイン
をうんてんしております。
ブルートレイン みずほ号の おじさんたちは まえの日の夜
しずおかえき ごご7じ16ぷん はつの はやぶさ号
をうんてんして なごやえき ごご9じ37ぷんに

「待ってるぞ」

岩堀さんは、いつしか地元でも「ブルートレインが大好きな少年」として知られるようになり、小学5年生のとき、ついにはテレビ番組にまで呼ばれるようになった。

小学校を卒業し中学へ進学してからも、岩堀さんのブルートレインに対する情熱は変わらなかった。もはや、父に付き添ってはもらわず、ひとりでブルートレインを見に行っていた。

そんなある日のこと——。

いつものようにブルートレインに手を振っていると、小学生が通りかかった。彼らは、岩堀さんの様子を見るとクスクス笑った。

どうして、自分のことを見て小学生が笑うのか。

岩堀さんは気づいた。自分の姿は、丸刈りのいかにも中学生。小学生から見たら、ひげもうっすら生える思春期を迎えた大人だ。

大人が列車に手を振っていたら、そりゃおかしく見えるよな――。

13歳という多感な年ごろだった岩堀さんは、急に気恥ずかしさを覚えた。あれほど見に行っていたブルートレインからも、いつのまにか足が遠のいていった。

岩堀さんは中学校時代、吹奏楽部の部活動や勉強に熱心に取り組んだ。そうした忙しい日々を過ごしていると、ブルートレインのことが頭に浮かばなくなった。

いや、ブルートレインを忘れるために、半ば強制的に部活や勉強にのめり込んでいったというほうが正しいかもしれない。

岩堀さんは、そう思った。

そして、高校の進路を決めるとき。かつて心に決めていた「ブルートレインの運転士になる」という夢も、半ば消えかかっていた。

周りの人たちからも、運転士などという夢を追いかけるのではなく、もっと現実的な道を考えないと、と言われたこともあった。

「夢は、しょせん夢にすぎないんだ」

周りの声に引きずられて、岩堀さんも自分の夢を忘れることにした。

こうして普通に高校、大学へと進学し、22歳で就職したのは靴の販売店。

スニーカーブームだった当時、岩堀さんは学生時代から近所の店でアルバイトをしていた。

本当のところは、靴への興味などそれほどなかったが、卒業後は正社員にならないかと声をかけてもらい、そのまま就職した。

そして入社して数年後、縁あって別の靴販売店に転職。

このまま、ここでずっと働き続けるんだろうな——。

岩堀さんは、ぼんやりとそう思っていた。

大学を卒業し社会人になってから8年ほどたっていた2005年、思わぬところから連絡が届く。

それはテレビ局だった。

かつて運転席に乗せてもらったこともある寝台特急「さくら」が廃止になることを受けて、鉄道好きの少年として有名だった岩堀さんに声がかかったのだ。

取材では、「あなたの大好きだった列車が廃止になりますが、どんな思いですか⁉」と聞かれたが、ブルトレ少年として持ち上げられていたのは過去の話。正直、まったく無関心で「へぇ、そうなんですか。廃止なんですか」くらいの気持ちだった。

ただ、この取材を機に岩堀さんは、あるものに久しぶりに手を伸ばした。

それは父がずっと撮り続けていた、ブルートレインと岩堀さんが映っているビデオテープ――。

昔の映像を見返すのは、実に20年ぶりだった。

その姿を見ていると、長いあいだ胸にしまい込んでいた想いが、いつのまにかあふれ出てきた。

徐々に近づいてくるブルートレインに無邪気に手を振る自分。それに応えて手を振り返してくれる運転士。そうしたシーンを観ているうちに、岩堀さんの目から涙がこぼれ落ちる。

そのときはじめてわかった。周りの人が、自分にどれほどすごいことをしてくれていたのかということが。

自分のために汽笛を鳴らし、手を振ってくれた運転士。

そして、どれだけ前日遅くまで仕事や付き合いがあったとしても、週にたった一度の休みの日である日曜日、文句ひとつ言わず、朝早くから列車を見に連れて行ってくれた父。

こうした多くの人たちが、自分に夢を与えてくれたからこそ楽しく生きることができたのだ。それなのに――。

鉄道への想いを実らせた

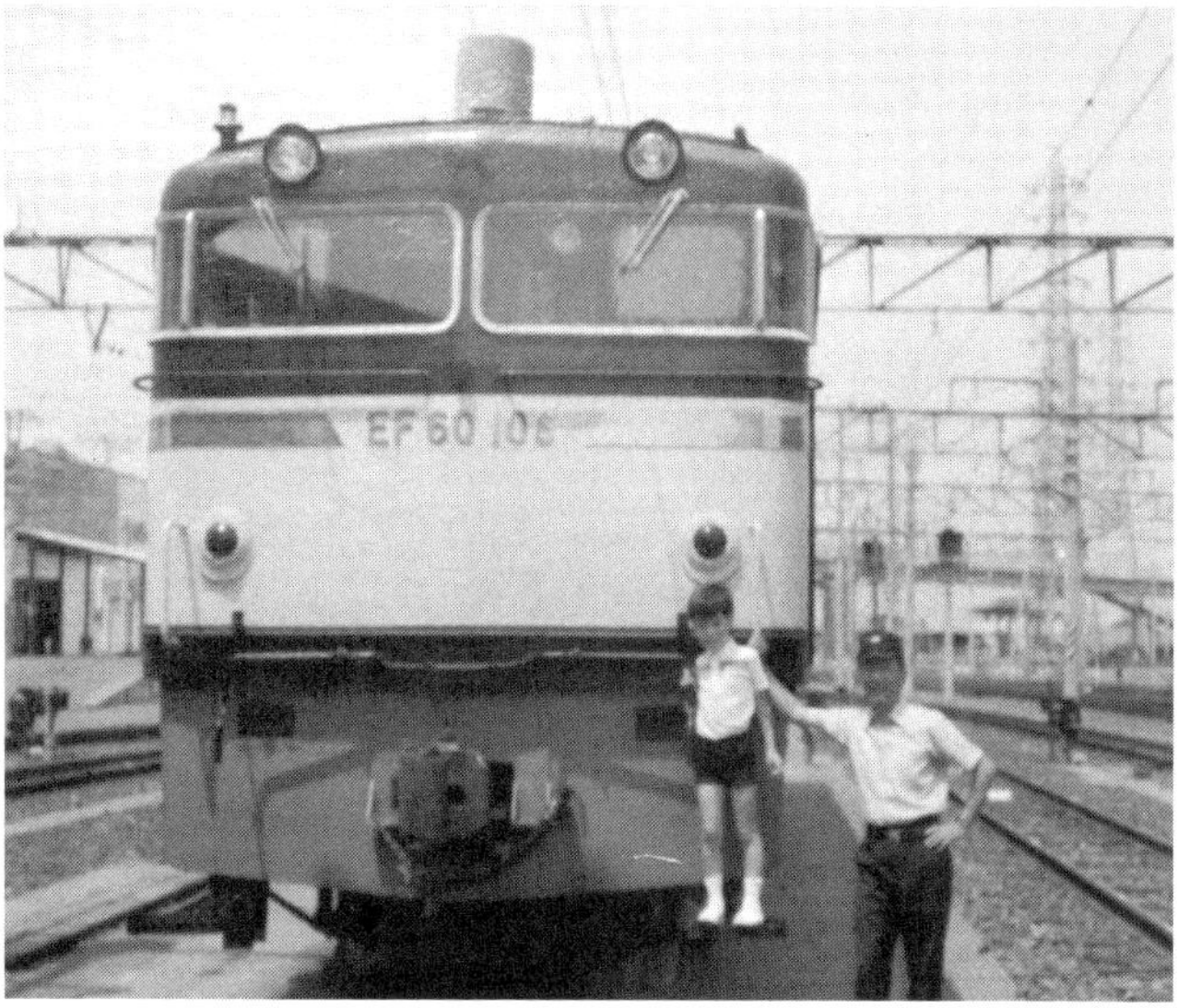

岩堀さんは、母からいつも「いただいたご恩は、ちゃんとお返ししなさい」と言われてきた。その言葉が、頭に浮かんできた。

いただいた恩とは、夢を与えてくれたことにほかならない。

しかし、自分はその恩に報いることが、まったくできていない……。

岩堀さんの頭のなかで、「待ってるぞ」という運転士の言葉がよみがえった。

どうして簡単に、夢をあきらめてしまったんだろう。

そう思うと、どっと後悔の念が押し寄せてきた。

すぐにでも、ブルートレインの運転士になりたいと思った。しかし、JRは運転士の中途採用をしていなかった。それ以前に、そもそも30歳という年齢を迎え、いちから運転士を目指すには遅すぎる。

もう手遅れ。いまから運転士になるのは不可能だ……。

それからは日々、心の痛みと無力感との闘いとなった。

「あのとき夢を捨てなければ、自分は絶対にいまとは違うところにいたはずなのに」

考えるほどにそう思えた。だが現実は、1ミリも動かない。

ほどなく岩堀さんは、店長へと昇進した。

だが、仕事へのモチベーションは下がるばかり。車の運転中も、帰ってから風呂に入っているあいだも、出るのはため息ばかりだった。

そんな岩堀さんは、ある日ひとりの女性と知り合った。のちに結婚することになる早智子《さちこ》さんだ。

岩堀さんは、はじめてのデートで上野を訪れた。早智子さんの好きな画家の展覧会が行われていたからだ。

だが、実は岩堀さんの目的は違った。当時、次々とブルートレインが廃止され、もはや上野駅発着の列車以外運行していなかったので、なんとかそれを映像に収めたかったのだ。

上野駅に停車中のブルートレイン「北斗星《ほくとせい》」を見たふたり。このときはじめて、早智子さんは岩堀さんが鉄道好きだということを知った。

2013年、ふたりは結婚。だがその当時、岩堀さんは職場での人間関係に疲れ果てていた。それとともに、なんとかして鉄道関係の仕事に就きたいという想いも、ますます募っていた。

そこで、まだ結婚して半年しかたっていなかったが、思い切って早智子さんに「仕事を辞めたい」と切り出したところ、「辞めたいなら辞めてもいいよ」との返事が返ってきた。

ただし実際問題、岩堀さんは当時40歳手前。現実的に考え、これまでの経歴が生かせる靴販売関係で転職先を探したが、なかなか見つからない。岩堀さんは、次第に焦りはじめた。

早智子さんは、運転士になるという岩堀さんの夢を聞いたことはない。だが、岩堀さんの後悔はうすうす感じていた。

というのも、夜になると岩堀さんが、父が撮ったビデオを観返している姿を目にしていたからだ。

そのため、岩堀さんに靴関係の転職先について相談を受けても、「前の職場が大変だったんでしょ。なのに、また同じようなところに行ってもしょうがないんじゃないの？」と、やんわりとダメ出しをした。

早智子さんは、転職活動について自分から口出しすることはなかった。だが、なかなか鉄道会社への転職活動に力を入れようとしない岩堀さんに対し、ついに「鉄道会社を受けてみたら？」と勧めてみた。

しかし、岩堀さんは首を縦に振らなかった。

ぼくは実際にハローワークに通って、現実を見ている。映画に出てくるヒーローならまだしも、技術も、経験もない自分が運転士になんてなれるわけがない。気持ちはわかるけど、そもそもこの年齢で無謀だろう……。

転職先に対する意識の微妙なズレから、お互いイライラが募り、ケンカをしてしまったこともあった。

だが、ぶつかり合ったところで、新しい仕事が見つかるわけでもない。それに、彼女の意見は正直、逃げている自分の一番痛いところを突いている……。

採用試験を受け「ノー」と言われたら、運転士になるという夢を見ることすらできなくなる。

そうした恐怖心も、岩堀さんの胸の内にあった。

なんとか就職先を見つけようと悪戦苦闘したが、時間だけが過ぎていった。

そんなある日、早智子さんは思わぬ求人を見つける。

年齢不問、経験不問、天浜線で整備士募集中――。

早智子さんは、すぐに「受けるだけ受けてみたら？」と岩堀さんに提案した。

だが、岩堀さんは即座に断った。

整備士ならなおさら技術がいる。年齢不問といったって若い人のほうがいいだろうし、何もやったことないんだから100パーセント無理だろうに……。

そんな岩堀さんに対し、早智子さんは強い言葉を投げかけた。

「ダメだったらダメで、別の会社を受ければいいじゃん。あれほど鉄道にあこがれて恩も感じているのに、1回も鉄道会社を受けないなんて、それで本当にいいの？」

岩堀さんは、その言葉を頭のなかでかみしめた。

たしかに、自分はまだ鉄道に恩返しができていない。ダメ元でトライしてみるか。

そして履歴書にこう書いた。

「昔、国鉄の運転士からいろいろな恩をもらっていて、将来的に運転士になれたら、そのような方々に恩返しができると思います」

迎えた面接当日――。

待合室で岩堀さんは、職員から思いも寄らないことを聞かされた。実は運転士も募集しているというのだ。

「履歴書に運転士になりたいことが書いてありましたが、そちらの試験のほうを受けてみますか？」

「ぜひ、運転士の試験を受けさせてください！」

面接官からは、なぜか心配していたキャリアのことではなく、靴の販売について専門的な質問をされた。靴に関することは、自分でも完璧と思える回答ができた。

それから「あなたの年齢は運転士のなかでもかなり上のほうになります。若い人と一緒にやっていけますか？」とも聞かれた。それに対し「みんな若くても、私はやれます」と返した。

こうして面接と適性試験が終了。緊張の糸がほどけた帰り道、家へどう帰ってきたかすら覚えていない。

ただ「100パーセントダメだろうな」という思いでいっぱいだった。ほかの受験者は経験者ばかり。自分は未経験でしかも最年長。それでいて募集枠は1、2名だったからだ。

そして、自宅のベッドでぼーっとしているところに、電話がかかってきた。合否は当日中に電話で伝えられることになっていたのだ。

職員が岩堀さんに結果を伝えた。

「岩堀さん、あなたを採用することになりました」

まるで子どものように、ベッドの上で飛び跳ねて喜んだ。そして、すぐに早智子さんに報告。仕事から帰宅した早智子さんと、「おめでとう!」「ありがとう!」を繰り返した。

それから半年後。

岩堀さんは猛勉強の末、運転士試験に見事一発合格した。

そして、実際に電車を運転してみると、さまざまなことに気づいた。

大勢の乗客の命を預かる運転士の仕事は緊張の連続。運転中は線路をはじめ、至るところに気を配らなければならない。とりわけ駅への発着は、何年たっても手に汗握る瞬間だ。

「あのとき、ぼくが見ていたブルートレインは、最寄駅から発車したばかりで速度が上がりきっていませんでした。ですから、汽笛を鳴らして手を振ることはけっして簡単なことではなく、ベテランだからこその技だったと思います。昔はそんなことも知らないで『スピードが出ていないんだから、もっと汽笛を鳴らしてくれればいいのに』と思ったりもしましたが、そんな単純なことではなかったんですね」

では、そんな簡単ではないことを、なぜ岩堀さんに運転士はしてくれたのか。

「運転席から手を振る子どもを見ていると、わかる気がするんです。こちらが反応してあげると、子どもがニコッとうれしそうに笑います。ぼくも当時『今日は手を振ってくれるかなぁ』と、不安げな顔で見ていたのではないでしょうか」

運転しながら、あのブルートレインの運転士の様子が頭に浮かんでくる。

ずっと雲の上の存在だと思っていた、その仲間に入れた気がした。

「運転士になるのを待ってるぞ」

あのとき交わした約束を、ついに果たした。

ブルトレの運転士にもらった喜びを、今度は子どもたちに恩返ししていく――。

そう心に決め、岩堀さんは今日も笑顔を運び続ける。

第4話

故郷への想いをつなぐ いまはなき18番ホーム

~JR上野駅~

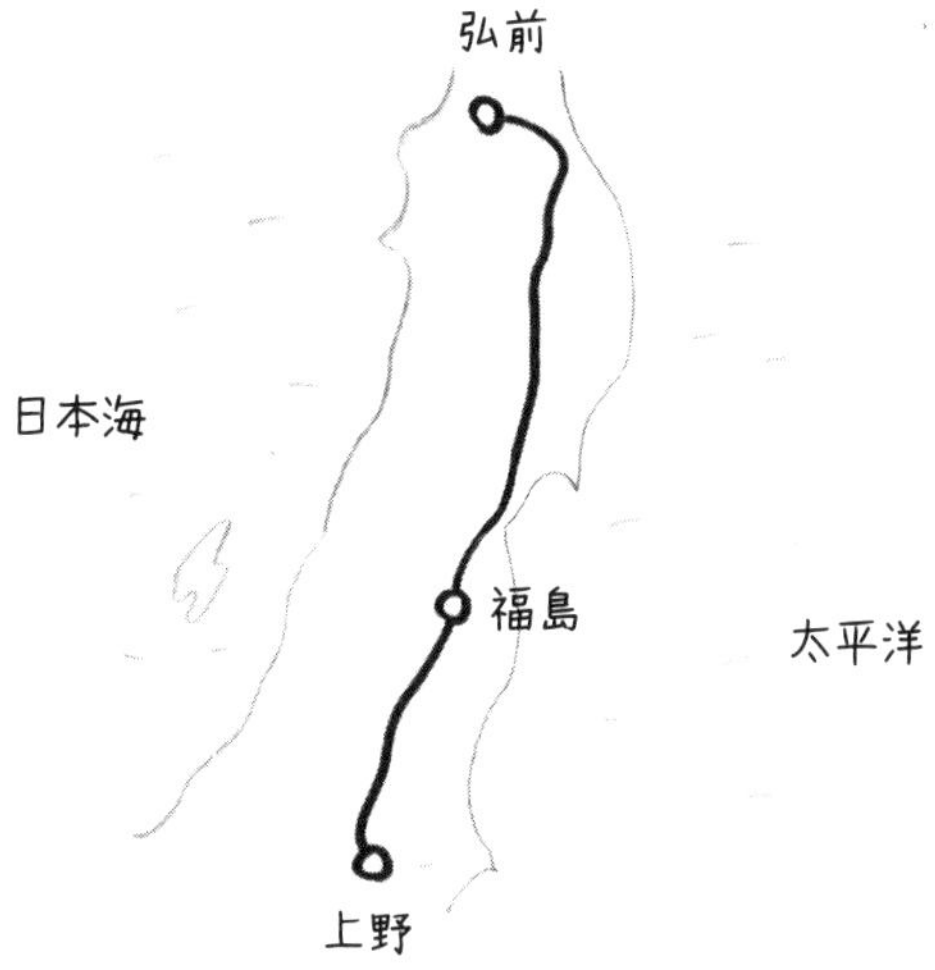

京浜東北線や山手線から東北新幹線まで、11路線が所属するＪＲ上野駅。２０１９年度の１日平均乗車人員数は18万人超と、都内のＪＲ線の駅でトップ10に入る巨大ターミナルだ。

開業は、日本に鉄道が走りはじめてまもない１８８３年のこと。１８９１年に全線開通した東北本線の起点となるなど、戦前戦後を通じて「東京の北の玄関口」として利用されてきた。

駅舎は１９２３年9月1日の関東大震災により焼失したが、１９３２年に再建。その後、太平洋戦争末期の東京大空襲などにより、都内の下町地域は壊滅的な打撃を受けたが、上野駅周辺は奇跡的に被害を免れた。

そのため、駅舎の外観は基本的に再建当時のまま残されている。

実はこの上野駅には、欠番となっている幻のホームがある。18番ホームだ。

昭和30～40年代の高度経済成長期のさなか、春になると「集団就職列車」に乗り東北から上京してくる少年少女たちが、このホームに降り立った。

083　第４話

故郷への想いをつなぐ
いまはなき18番ホーム

～JR上野駅～

彼らは「金の卵」と呼ばれた。

この物語の主人公、佐藤義勝《さとうよしかつ》さんも60年以上前、期待と不安を抱えながら上野駅の18番ホームに降り立った金の卵のひとりだった。

佐藤さんは1943年、青森県相馬《そうま》村生まれ。子どものころは両親と姉2人、妹2人の7人家族で暮らしていた。鉱山で働く父親が一家を支えていたが、暮らしには余裕などなかった。

そのため佐藤さんは、中学を卒業すると高校へは進学せず職業訓練校に通った。ひとり息子だった佐藤さんは、両親に一刻も早く楽をさせてやりたかった。機械いじりが好きだったので、東京で技術者になって一旗揚げると心に決めた。

やがて東京で、缶詰用の缶などをつくる工作機械を製造している会社に就職が決まり、16歳で故郷を離れることとなった。

1960年3月、青森県の弘前《ひろさき》駅から上野行きの集団就職列車に乗り込む日——。

故郷への想いをつなぐ
いまはなき18番ホーム
〜JR上野駅〜

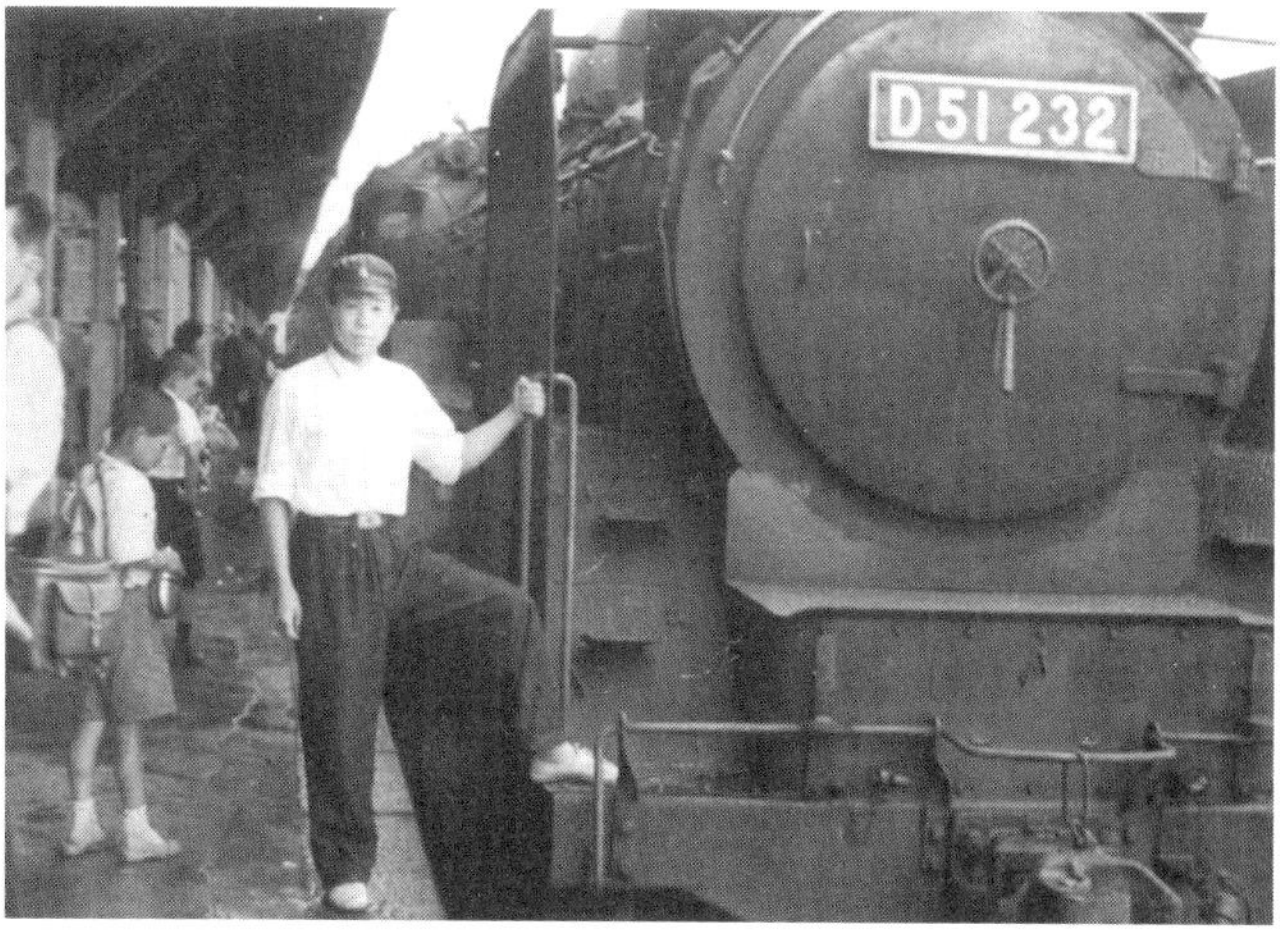

自分と同じように東京へ向かう人で、駅はごった返していた。


「元気でな」

「東京に着いたら手紙を書くよ」


見送りに来ていた母と短い会話を交わし、列車に乗り込んだ。

佐藤さんは上京するにあたって母が買ってくれた腕時計を見つめながら、「絶対に3年は、故郷に帰らない」と自分に言い聞かせた。


就職先の会社は大田区にあった。1日も早く仕事を覚えたいと必死に働いたが、やらせてもらえる仕事は部品磨きなどの雑用ばかりだった。

それでも、真っ黒になりながら働いた。社長は同じ青森県出身で、一代で会社を築き上げた人物。ミスをすれば平気で殴ってくる、仕事に厳しい人だった。

だが仕事を離れると、とてもやさしく温かい人柄だったため、佐藤さんは社長を「人生の師匠」と慕った。

故郷への想いをつなぐ
いまはなき18番ホーム
〜JR上野駅〜

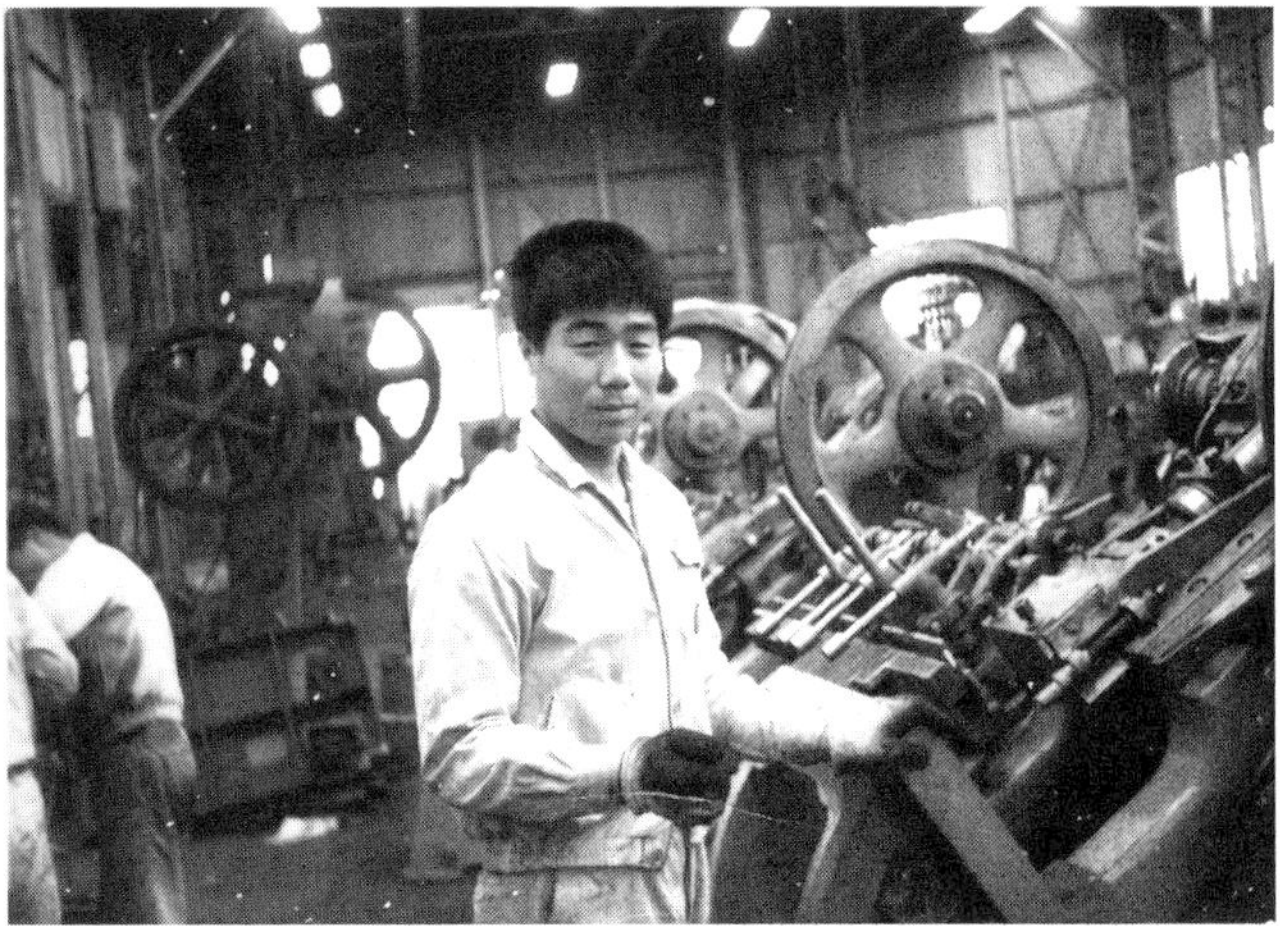

寝る場所は、寮の大部屋に置かれた二段ベッドの下の段、畳1畳分。上の段には先輩がいたが、心休まる場所はそこしかなかった。

ホームシックにかかったときは、母が持たせてくれた干し餅と南部煎餅《なんぶせんべい》を少しずつ食べながら、故郷や父、母のことを思い出し、さびしい気持ちをぐっとこらえた。

初任給は6000円。

その半分、3000円を数カ月に一度、実家に仕送りした。

当然のことながら、残りのお金でやりくりする生活は厳しく、腹いっぱい食べることなどできない。そのため、残業で支給されるコッペパンを夕飯にして、なんとか空腹をしのいだ。

生活苦とともに、佐藤さんを悩ませたのが言葉の問題だった。同僚も青森県出身が多かったため、普段の会話は津軽弁。しかし、工場の外に一歩出れば、それはまったくといっていいほど通じない。

電話できちんと標準語で話そうとすればするほど、訛《なま》りが出てしまう。恥ずかしいから電話にも出たくなくなる。だが、外部の人とずっと話さないわけにもいかない。ストレスもたまる一方だったが、そのはけ口がなかった。寮にはテレビもなし。当時、未成年だったので、お酒でうさを晴らすこともできない。おまけに「負けたくない」という気も強かったので、仲間にグチを漏らすこともできなかった。

しかし、どうしようもないくらい、つらいときもあった。そんなときに佐藤さんがしたこと、それは上野駅に行き18番ホームに停まっている列車を見ることだった。

あれに乗れば故郷に帰れる。自分には帰ることができる故郷がある――。

そう思うと、折れそうな心も救われた。

そして気持ちを、またリセットするため自分に言い聞かせた。

「でも、いまはまだ帰れない。3年はがんばらないと。ここでくじけちゃいけない」

上野に来ると、もうひとつ必ず向かった場所がある。上野公園の西郷隆盛像だ。堂々とした西郷隆盛の姿は、父の姿に少し似ていた。

もちろん気持ちを引き締め直したところで、現実はそう簡単には変わらない。相変わらず雑用ばかりをこなす日々が、かれこれ1年続いた。

厳しい環境に辞めていく仲間もいた。だが佐藤さんは考えた。

「このままじゃダメだ。先輩たちと同じレベルの仕事をするには、自分は勉強も技術も足りていない」

そこで入社2年目からは、近くにあった工業高校の夜学に通うことにした。

仕事が終わると学校へ直行し、試験前は深夜まで寮で勉強。明かりをつけていると先輩に迷惑がかかるので、布団をかぶって教科書を読んだ。

ただし問題は夜学の月謝が1000円かかること。生活費もギリギリなうえ、実家にも仕送りをしなければならない。

そこで佐藤さんは、どうにもならなくなったら、上京の際に母がくれた腕時計を質屋に入れた。そして次の給料が入ると、すぐ質屋に行って腕時計を戻した。

それから卒業までの4年間、腕時計は毎月のように佐藤さんのもとと質屋を何度も往復した。だが、母がくれた大事な時計だ。流すわけにはいかない。

質屋のおばさんは、佐藤さんが腕時計を戻しに来るたびに「ようがんばったね」と声をかけてくれた。


こうして耐えた3年後の夏――。

はじめて帰省する日がやってきた。

朝早くから上野駅に並んで列車を待ち、ようやく夜行列車の席を取った。手には、いっぱいのお土産を抱えていた。

弘前駅に着き、津軽弁で話す駅員のアナウンスを耳にすると、久しぶりに故郷に帰ったことを実感して、まるで血が騒ぐような喜びがあった。

実家にたどり着き、両親に会うとホッと心が安らいだ。父は多くを語らなかったが、帰省を喜んでくれていることが伝わってきた。

秋田出身の母は、佐藤さんの大好きなきりたんぽ鍋をつくってくれた。

やはり故郷の居心地は格別だった。3、4日、親孝行して帰るころには、生きるエネルギーに満ちあふれていた。

その一方で上野駅に着くと、佐藤さんは「帰ってきた」ような気もした。

いったん東京に戻ってくれば、仕事が山のように待っている。そして、人生の方向を、自分で決めて進んでいくことになる。

上京して3年、佐藤さんにとって、いつのまにか故郷とともに、そうした想いも生きる原動力となっていた。

東京に戻った佐藤さんは、これまで以上にがむしゃらに働いた。

上京して11年後——。

佐藤さんは28歳のとき、東京出身の照子《てるこ》さんと結婚した。

故郷への想いをつなぐ
いまはなき18番ホーム
～JR上野駅～

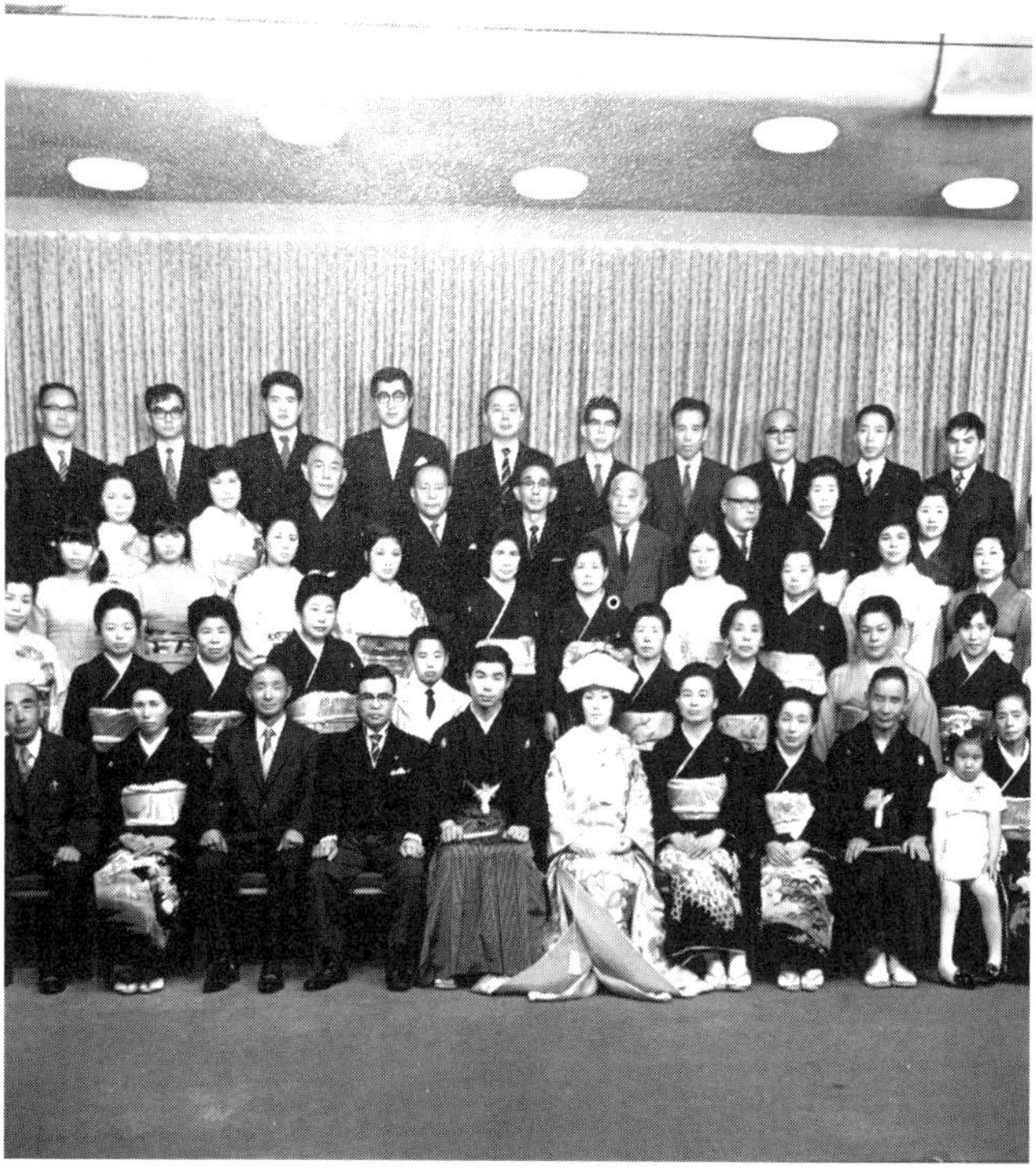

自分が長男であること。いずれは故郷に帰るつもりでいること。すべてを伝え、納得してもらった。

両親にも電話で「好きな人がいる、結婚したい」と伝えた。

すると、父はひと言だけ返した。

「おまえがよければいい」


式は東京で挙げることとなった。

無論、青森から東京へは、いまのような気軽さで行き来できないため、両親が照子さんとはじめて顔を合わせたのは結婚式の当日のこと。

そして、あまり話もできないまま、ふたりは青森へと帰っていった。

なぜだか、故郷が遠くに感じた。


佐藤さんは結婚の翌年に長女、その2年後に長男と、ふたりの子どもに恵まれた。

そして、会社の移転を機に社宅のある横浜に移り住んだ。

一方で、熱心に働く姿が社長に認められ、次第に責任ある立場を任されるようになっていた。そのため忙しさは、ますます増すばかり。夏休みに子どもを両親に会わせるために帰省するのが、せめてもの親孝行となった。

もちろん、両親は佐藤さんの家族と会うのを楽しみにしていた。

佐藤さんの父は金魚鉢を持って、かつて息子と一緒に遊んだ川へと、孫たちを連れて行った。そこで、金魚鉢を水中メガネ代わりにして川をのぞき込み、魚を捕まえてみせた。

故郷で過ごす時間は、いつもあっという間だった。その貴重なひとときを存分に堪能しようと、佐藤さんも両親、そして子どもたちとともに思いきり遊んだ。

一家で帰る列車のなか眠り込むまで思い返すのが、両親と子どもたちの楽しそうな姿。それは、佐藤さんが思い描く未来の幸せな光景でもあった。

上京して19年——。

佐藤さんは実家の移転を機に、故郷の家を新築した。上京したときに抱いた「両親に楽をさせたい」という夢を、ついに叶えたのだ。

その家に、自分たち夫婦と子どもの部屋もつくった。みんなで暮らせる家を見て、両親は喜んだ。父はそのとき、はじめて佐藤さんに言った。

「帰ってくるんだよ」

気持ちは佐藤さんも一緒だった。だが、家のローンを支払い、家族を養うためにも、まだまだ帰るわけにはいかなかった。

それ以降も毎年、1週間のお盆休みには、親孝行のため家族を引き連れて帰省し続けた。佐藤さんの子どもたちも、ねぷた祭りを祖父と見に行くなど、相変わらず夏休みの田舎暮らしを楽しんでいた。

そして1996年、53歳のときに一大転機が訪れる。

一生懸命働き続けた佐藤さんは、ついに青森の実家のローンを払い終えたのだ。しかもちょうどその時期、横浜の社宅が取り壊されることになり、引っ越さなければならなくなった。

当時、佐藤さんは現場の工員からはじまり営業→営業係長→製造課長→営業課長→営業部長と、もはや役員の一歩手前まで来ていた。

このまま、取締役になると定年が先に延びるので、故郷へと戻るチャンスを失ってしまうかもしれない――。


だが上京して、もはや35年以上。

すでに娘は結婚して家を出ていき、孫を連れて佐藤さんが住む社宅へと遊びに来るようになっていた。

子どもや孫にとっての故郷は、もはやここ横浜だった。

佐藤さん自身、「自分の本当の根っこは青森」だと思う反面、横浜にも確実に根を下ろしていることはわかっていた。

もちろん、すぐに仕事を辞めるというわけにもいかない。自分を雇い、ここまで育ててくれた会社への愛着、そして、いまは会長となっている当時の社長に対する恩義もあった。

佐藤さんは悩みに悩んだ末、横浜に住み続けることを決めた。

そのあとも青森では、両親がずっと佐藤さんの帰りを待っていた。待ち続けた父は2000年、87歳で亡くなった。やがて母も病気になり入院。佐藤さんは仕事の合間をぬって2カ月に一度、妻と一緒に帰省して母を看続けた。家をどう維持すべきか悩んだが、解決策がなかった。父の死の9年後、母も亡くなった。

両親と暮らすために建てた家は、誰も住む者がいなくなった。家を手放すのはなんとしてでも避けたかったが、だからといって、そのまま放置しておくわけにもいかない。

どこかに買い手がいないか探してみたり、あるいは季節限定の民宿を開いたりすることも考えたが、所々、傷んでもいることもあって折り合いがつかず、最終的に家を処分することにした。

取り壊すことが決まってから、最後に家族を連れてもう一度、あの家へ行った。ついに叶わなかった、夢の見納めのつもりだった。

生前の両親と一緒に見た、弘前のねぷた祭りに合わせて青森に向かった。

佐藤さんが子どものころに登った岩木山《いわきさん》にみんなで一緒に登って、思い出の場所で写真を撮った。

もちろん、実家の様子も隅から隅まで孫たちに見せて回り、カメラに収めた。みんなの思い出になればいい、と願いながら。

「ここを、おじいちゃんが建てたんだよ。でも、これでもう終わり。この家はなくなるんだ」

家を取り壊したあと更地となった土地に、売りに出ていることを示す、不動産屋の看板が立てられた。

佐藤さんは、それを目にした途端、やりきれない気分になった。思い出と苦労が、ないまぜになってこみあげてきた。

手に入れるときはあんなに苦労したのに、手放すときはあっけないものだ――。


両親と住むためにつくった家。

約束を果たせなかった心残り。

そして自分の故郷は、なくなった。


とはいえ、佐藤さんは故郷に対する気持ちまで捨てたわけではない。

ボランティアで青森県人会の活動に参加し、10年以上、いまでも故郷のために尽くす活動を行っている。

佐藤さんは、就職した会社で取締役にまで出世し、その後は営業顧問を務めている。

そして会社で16歳からお世話になった「人生の師匠」たる社長からは、常々こう言われていた。

「会社で偉くなっても、それは会社内でのこと。内輪だけでなく外へ出て大手を振って歩ける人間になれ」

もうひとつ、師匠から教えられた「3原則」も佐藤さんは守り続けている。

母校に感謝。産んでくれた親に感謝。そして、故郷の青森に感謝――。

佐藤さんはいまでもときどき、上野駅にやってくる。

1999年、上野駅の18番ホームは廃止された。そして2006年には、生まれ育った相馬村も弘前市に合併され、その名が地図から消えた。

それでも18番ホームに敷かれたレールを通じて、佐藤さんの心と故郷はつながり続けている。

第5話

空の上から駅を見守る
かけがえのない相棒「愛犬タカ」

～JR肥薩線 大畑駅～

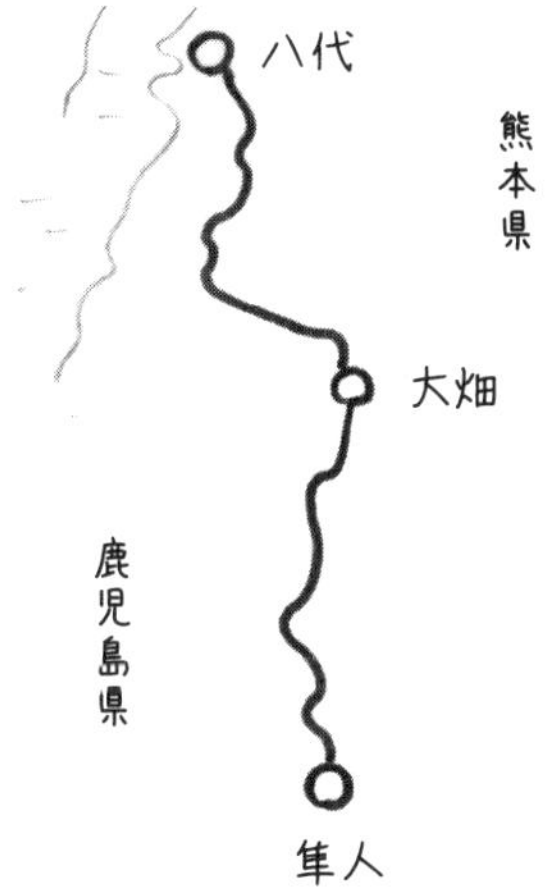

かつて「肥後《ひご》」と呼ばれた熊本県八代《やつしろ》市の八代駅と、「薩摩《さつま》」と呼ばれた鹿児島県霧島《きりしま》市の隼人《はやと》駅を結ぶJR肥薩線。

日本三大急流のひとつとして名高い球磨川《くまがわ》や、霧島連山、さらには遠く桜島まで望める絶景「矢岳越《やたけご》え」など、沿線に広がる雄大な自然の姿を楽しめる反面、たび重なる豪雨、水害など自然の脅威にも耐え抜いてきた路線だ。

今回の物語の舞台は、その矢岳越えを含む深い山間《やまあい》を走る区間、通称「山線」にある1909年開業の大畑《おこば》駅。1日にやってくる列車の数は、上下合わせて6本という古びた無人駅だ。

だが、この駅には鉄道ファンはもとより、そうでない人たちも惹きつけてやまない、ふたつの特徴がある。

ひとつは、急勾配に敷設されたらせん状の線路「ループ線」と、先頭と最後部が入れ替わりながらジグザグに急斜面を上り下りする「スイッチバック」の双方を楽しめる、日本で唯一の駅だということ。

空の上から駅を見守る
かけがえのない相棒「愛犬タカ」
～JR肥薩線 大畑駅～

さらにもうひとつの特徴が、駅舎の至るところに貼られた名刺だ。

あるとき駅を訪れた就職活動中の人が、駅舎にあったノートに書き込みをし、さらに名刺を置いていったところ、その2週間後に願いが叶ったという。

以来、この駅に名刺を貼ると出世できるといううわさが広まり、いまでは駅舎の壁、柱から窓に至るまで、さまざまな名刺で覆い尽くされている。


そんな全国的にも珍しい駅を、ずっと守り続けてきた男性がいる。大畑駅のある熊本県人吉市《ひとよし》で、中学校教師を長らく務めていた池田幸男《いけだゆきお》さんだ。


いまから20年ほどの前のこと――。

ある日、池田さんの目に荒れ果てていた大畑駅の様子がとまった。

当時の大畑駅周辺はまったく手入れが行き届いておらず、名物であるループ線も見わたせないほど雑草が高々と生え放題に生えていた。

さらに、周囲に人気《ひとけ》がないのをいいことに、夜になると若者たちが集まって深夜ま

空の上から駅を見守る
かけがえのない相棒「愛犬タカ」
～JR肥薩線 大畑駅～

で騒ぐ。あるいは、駅舎でバーベキューをする。ゴミは片づけない。そこにカラスがやってきて、そのゴミをまき散らす……。

「出世伝説」の発端となった駅のノートにもいたずら書きがされ、ページが破られていたこともあった。

池田さんは、そんな駅の様子を見て心に決めた。

「100年を超える歴史ある駅が、荒廃するがままにしておくわけにはいかない。どこまでやれるかわからないけど、きれいにしてみよう」

このとき池田さんの頭の片隅にあったのが、教師時代に生徒と交わしたあるやり取りだった。

春休み中に用事があり、勤務先の学校を訪れたときのこと。

休みにもかかわらず、通学路の清掃をしている生徒たちを見かけた。

池田さんは不思議に思って「どうして休みなのに掃除をしているの？」と聞いてみると、生徒はこう答えた。

「汚れているところをきれいにするのは、当たり前だからです」

これを聞いて池田さんは、はっとなった。

「そうか。掃除とは人に言われてやることじゃない。汚れていたら、きれいにするのが当たり前なんだ」

こうして池田さんは2001年に中学校教師を退職すると、あのときの生徒と同じように、荒れ果てていた大畑駅をきれいにしようと活動をスタートした。

ゴミを拾う。線路沿いの草をむしる。草刈り機を使って雑草を取り除く……。

だが、自然を相手にした作業は、体力もいるし簡単なことではない。

しかも、最初のころは、取り替えたばかりのトイレットペーパーが何者かによって道路にばらまかれていたり、駅舎の窓が割られたりすることもあったという。

それでも池田さんは、朝の8時くらいから昼まで、そしていったん帰宅してから夕方まで、毎日、駅の清掃を黙々と行った。

当初はいつまでやり続けられるのか、自信はまったくなかったが、そんな池田さんが、なんとか心折れずに毎日駅に通えた理由、それは力強い相棒がいたからだ。名前はタカ。池田家の愛犬だ。

タカが池田家にやってきたのは、池田さんが大畑駅の清掃をはじめる3年前のこと。教え子の家で犬が5匹産まれたと聞き、動物好きの妻、京子《きょうこ》さんのためにオス犬1匹を譲り受けた。子どもたちが家を離れ、ふたり暮らしとなっていた池田家に家族が増えたことを、京子さんは喜んだ。

一方池田さんは、毎日散歩させるより駅で遊ばせたほうが楽だからと、タカと一緒に大畑駅に向かうようになった。出かけるとき、池田さんが「タカ！」と呼ぶと、タカはしっぽを振りながら駆け寄り、池田さんが運転する軽トラックの荷台にジャンプして飛び乗る。タカもまた、駅に行って遊ぶのが大好きだった。

空の上から駅を見守る
かけがえのない相棒「愛犬タカ」

〜JR肥薩線 大畑駅〜

駅で池田さんが作業をしているあいだ、タカは離れた場所で遊んでいた。ただし、線路にはけっして近づかなかった。池田さんから、線路のそばは危ないから行かないよう、教わっていたからだ。

そして、掃除が終わり池田さんの草刈り機の音が鳴りやむと、呼ばれなくても池田さんのもとに駆け寄り、トラックにポンと乗り込む。

タカは、人間の言葉と気持ちを理解しているかのような利口な犬だった。

こうしてタカを連れて掃除を続けていくうちに、駅は徐々にきれいになっていく。半年もすると、ゴミを散らかす、窓を割る、トイレットペーパーを盗む、といった行為は着実に減っていった。

池田さんは、心のなかで思った。

昔はよく、親父に「おまえは三日坊主だ」と怒られていた。もしタカがいなかったら、たとえ駅をきれいにしようという気持ちがあっても、続かなかっただろう——。

暑い日差しが突き刺さる夏も、寒さで凍えるような冬も、池田さんはタカと一緒に大畑駅に通い、掃除をし続けた。

そして1年後の2002年。池田さんに思いも寄らぬ依頼が届く。

それは、大畑駅の名誉駅長になってくれないかというもの。隣の人吉駅の駅長が、池田さんの行動に感じ入り、「ぜひとも」とお願いしてきたのだ。

池田さんは「いつまで元気でいられるかわかりませんから」と一度は断ったものの、人吉駅長の強い要望もあり、最終的には引き受けることにした。

このように、池田さんの活動がだんだんと実を結ぶなか、思わぬ事件が発生する。

それは、2003年のある夏の日――。

池田さんは、いつものように駅近くで清掃をしていたところ、首筋に「チクッ」という痛みを感じた。すぐに手で振り払うと、ハチが飛んで行った。

「あ、ハチに刺されたな」

だが、小さなころから何度もハチに刺された経験がある池田さんは、とくに気にもとめず作業を続けた。

するとと突如、脂汗が流れ出てくる。しかも、なぜか次第に視界もぼやけ、近くの雑草も遠くの山もよく見えない。

「今日はもう作業をやめよう」

池田さんが草刈り機のスイッチを切ると、いつものようにタカがやってきて荷台に乗り込んだ。

そして、「よし、帰るぞ」と思った瞬間、池田さんは地べたに座り込み、そのまま意識を失ってしまう……。

ちょうどそのころ、肥薩線の列車が大畑駅のホームに滑り込んだ。しばらくすると、運転士の西門良人《にしもんよしと》さんの耳に、けたたましい犬の鳴き声が聞こえてくる。

西門さんは、池田さんもタカも顔なじみだ。

「あの声はたしかにタカ。だが、普段はおとなしいのに、今日に限ってキャンキャン吠《ほ》え続けている。様子が変だぞ」

西門さんは、列車が動かないよう転動防止の手配をし、あわてて列車を降りて鳴き声のするほうへ駆け寄っていった。すると、軽トラの荷台で鳴き続けるタカと、ぐったりとした池田さんの姿が。

西門さんが「大丈夫ですか！」と声をかけると、ようやく意識を取り戻した池田さん。西門さんが救急車を呼んだにもかかわらず、頭がぼーっとしていたため事態をよく理解できないまま、なんとか帰宅し、それから救急車で病院へ。

一晩入院して治療を受け、どうにか事なきを得た。

池田さんが回復すると、改めて西門さんは当時の状況を伝えた。

「タカが吠えていなかったら、私は列車を降りなかっただろうね」

池田さんとタカの関係を、誰よりも間近で見てきた妻の京子さんもこう語る。

「絶対、タカが助けてくれたと確信を持っています。タカは普段は吠えません。そんなタカが荷台の上から一生懸命、助けてくれと言わんばかりに鳴いたというんですから。絶対にタカが、主人を助けてくれたんだと信じています」

その後、すっかり体調もよくなった池田さんは、再びタカとともに駅へと通った。タカが見守ってくれていると思うと、前にも増して心強かった。

こうして、タカと一緒に過ごすようになって16年――。駅に通いはじめたころは仔犬だったタカも、人間でいえば80歳を超える高齢となっていた。

当然、体力にも衰えが見えはじめる。以前なら、駅に来ると周りの野原を駆け回って遊んでいたが、このごろはじっと伏せていることが多くなった。行きや帰りにトラックの荷台にジャンプして飛び乗ることも難しくなり、池田さんが「タカ!」と呼んでも反応が鈍い。ついには、駅について来ない日もあった。タカは、徐々に体の自由がきかなくなっていた。

そして2014年8月、とうとうタカは、まったく動けなくなる。池田さんが駅に行っているあいだ、妻の京子さんがタカの世話をしたが、エサを与えても食べることはなく、口にするのは水だけ。

なんとか元気を取り戻してほしいと、スポイトを使って流動食や栄養剤などを与えたが、やがてそれさえも受けつけなくなっていった。

それからさらに1カ月も過ぎると、ついにタカは呼びかけにも反応しなくなり、意識が朦朧《もうろう》としはじめる。獣医からも寿命だと宣告された。

まさにタカの命の火は消えかけていたが、ちょうどそのとき、池田さんは兄の四十九日のため広島まで行くことになっていた。

「もう二度と、タカには会えないかもしれない」

家を出るとき、池田さんはそう思った。

そして2日後、池田さんが広島から戻ってきた。

タカは、まだ生きていた。

池田さんが「帰ってきたよ」と声をかけると、目をかすかに開けて返事をしようとする素振りを見せた。

「ああ、自分を待っていてくれたんだな」

その翌日の午前10時、タカは静かに息を引き取った。


タカが亡くなったあと、池田さんは多くの人から、お悔やみや励ましの声をかけられた。たくさんの手紙も受け取り、なかには「お花でもあげてください」と、現金が同封されているものもあった。

送り主は、池田さんが知らない人も多い。だが、みんなタカのことを知っている。


「タカはたくさんの人に愛されたんだなあ。そのおかげで生きてこられたのか」

そう思った池田さんは、あることを思いついた。

それは、大畑駅の近くにタカの墓をつくるということ。

「ここならみんなにも会えるし、作業中の自分の姿も見守ってもらえる」

池田さんがＪＲに頼んでみたところ、ＪＲ側は快諾。そこでタカを埋葬し、「タカ

空の上から駅を見守る
かけがえのない相棒「愛犬タカ」
〜JR肥薩線 大畑駅〜

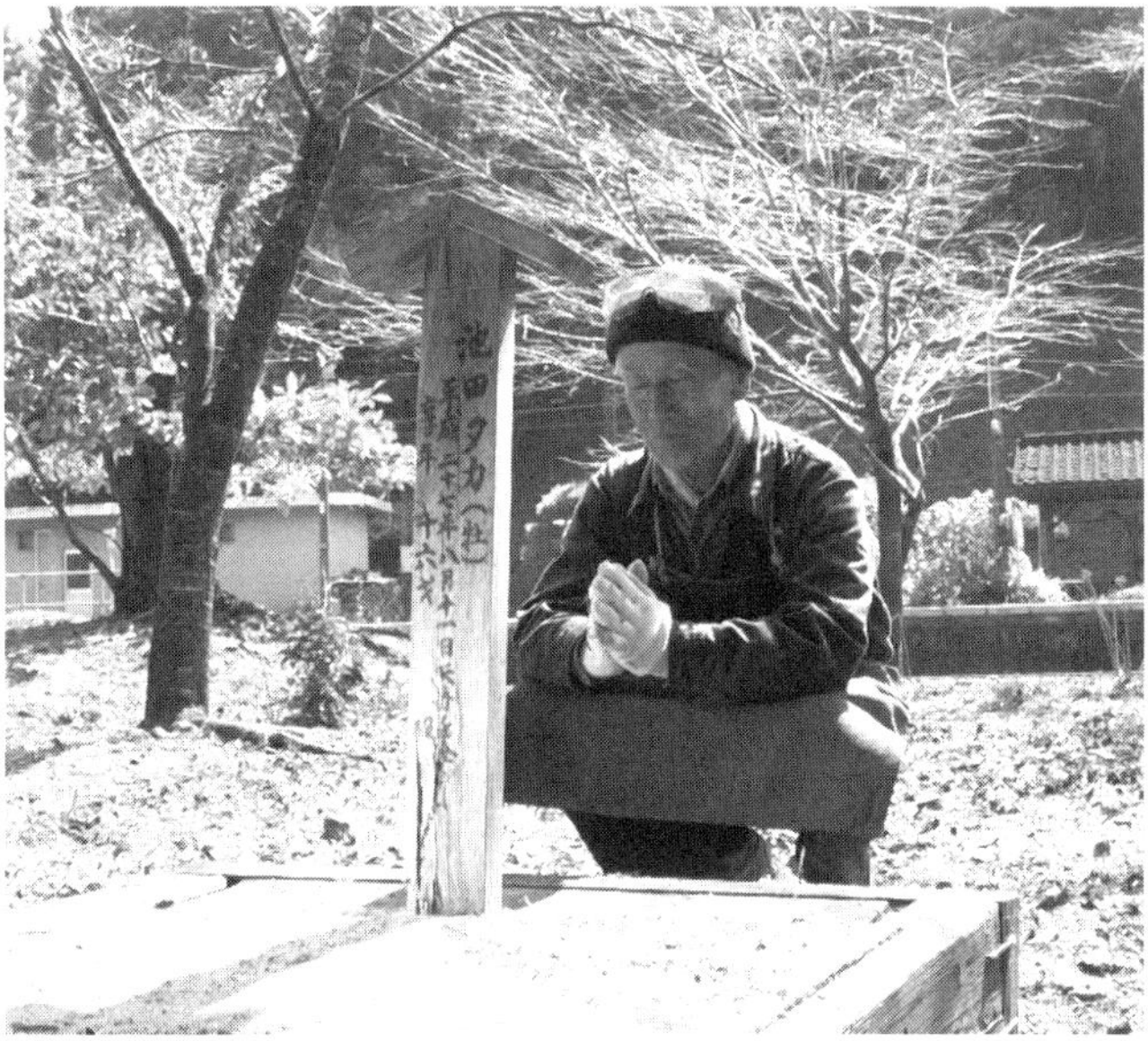

の墓」と書いた墓標を立てた。

それから1年――。

京子さんは、自宅の縁側の網戸に、季節外れのホタルが止まっているのを見かけた。

「おかしいな。いまはもう8月。ホタルが飛ぶのは5月だから、こんな時期にいるはずないいんだけど……」

京子さんはそう思ってしばらく考えてから、はっと気づいた。

その縁側は、タカが小さかったころ、よく池田さんに抱っこをしてもらったり一緒に昼寝をしたりしていた場所。しかも、今日はお盆で、タカの命日にも近い。

あれはきっとタカに違いない――。

いまでも京子さんは、固く信じている。

池田さんは、数年前に名誉駅長をほかの人にバトンタッチしたものの、タカがいたころと変わりなく、いまも駅の掃除を続けている。タカがいなくなってからも、三日坊主になることはなかった。自前の草刈り機は3代目だ。

池田さんの手によって生まれ変わった大畑駅は、もう誰からもいたずらをされることはない。

一緒に過ごした16年。かけがえのない相棒だった。

タカがこの世を去ってから、池田さんは犬と暮らそうとはしない。

「タカのような犬には、もう会えないんじゃないかと思います」

タカは今日も、思い出深い大畑駅を遠い空の上から見守っている。

第6話

夢と誇りと情熱を乗せて
ひかり1号が走った日

～JR東海道新幹線～

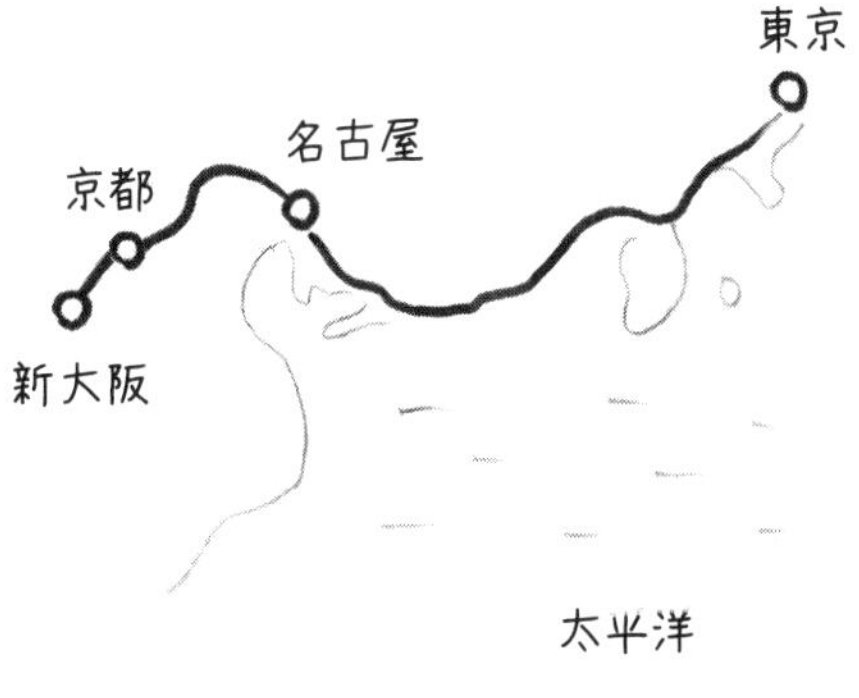

1964年10月1日午前6時――。

9日後に東京オリンピック開幕を控え、日本中の熱気がピークに高まるなか、日本の鉄道史に新たな1ページが刻み込まれた。

東京―新大阪間をつなぐ東海道新幹線が開業したのだ。

以来、1972年に山陽新幹線の新大阪―岡山間が開業し、1975年に博多まで全線開通。

1982年に東北新幹線と上越新幹線が開業。

2011年に九州新幹線、2015年に北陸新幹線が全線開通。

そして、2016年に北海道新幹線が開業した。

総延長距離は、高速鉄道としては世界第2位となる3000キロ超。2018年度の旅客数は約3億9000万人。

いまや新幹線は、言わずと知れた日本の鉄道を代表する大動脈、かつ日本を象徴する「メイド・イン・ジャパン」のひとつとして、世界的にも広く知れわたっている。

夢と誇りと情熱を乗せて
ひかり1号が走った日

～JR東海道新幹線～

そのいしずえとなった東海道新幹線の建設プロジェクトは総工費3800億円という膨大な資金と5年の歳月をかけ、東京オリンピックに間に合うよう急ピッチで進められた。東京と大阪をつなぐレールがつながったのは、開業のわずか3カ月前だ。初代の「0系」の最高時速210キロは当時、世界最速。ゆえに新幹線は「夢の超特急」と呼ばれた。

その、ひかり1号の運転を託されたのは山本幸一《やまもとこういち》さん、37歳。長らく在来線の運転を担当してきた運転士だ。

新幹線運転士の募集がはじまると、全国から応募者が集まった。試験では数学などの学科のほか、適性検査も実施。片足だけで立っている時間を測る平衡感覚のテスト、あるいは回転椅子で回転させられたのち、平常時の状態にどれくらいで戻るのか、その回復時間を測るテストなどが課せられた。

山本さんは、およそ300人の応募者から狭き門を突破。数少ない最初の新幹線運転士試験合格者のひとりとなった。

山本さんの妻の初子《はつこ》さんも、問題を壁に貼ったり、口頭で問題文を読み上げたりするなど、試験勉強を手伝った。


そんな初子さんから見た山本さんは「とにかく真面目」。仕事から離れて車を運転していても、「右よし、左よし」と指差し確認がクセになっていた。

そのため、山本さんが新幹線の運転士に選ばれた理由について、当人から聞いたことはないが、その腕前もさることながら、「真面目さ、責任感の強さが買われて大役を任されたのでは」と思ったという。


新幹線の運転士のひとりとして選ばれると、山本さんは試運転を繰り返した。

当時の在来線のスピードは出せて100キロ超。そのため、それ以上のスピードを出すのが正直怖く、指導官によく怒られたという。もちろん高速運転だけでなく、新幹線の扱いやその止め方などさまざまな訓練も受けた。

実際、山本さんは初子さんに次のような感想を漏らしていた。

「逆さまになったりぐるぐる回されたり、宇宙飛行士と同じようなことしてるわ」

それを聞いた初子さんも「大変なことをしているんだな」と思ったという。

試運転ではトラブルにも多く見舞われ、開業日の前日まで調整が続けられていた。山本さんは、開業の数日前までの2カ月間、家にはまったく帰ってこなかった。ひかり1号の運転士に決まったのは、初運転の1カ月前のことだった。

初子さんは、夫のことが心配だった。未知のスピードを出す新幹線の運転がどういうものなのか、まったく想像がつかなかったからだ。

開業に向けて、ますます不安が募った初子さん。夫のため、「無事に着きますように」との想いを込めて、新幹線運転士に支給されるワッペンを制服にぬいつけた。

迎えた10月1日——。

初子さんがテレビをつけると、東京駅で行われた開業式に夫の姿があった。

山本さんは当時の心境を、のちにこう書き記している。

「出発に先立ち、計器類の点検をしたときには、なんとなく手がブルブル震えていたのを覚えています」

当日、ホームでは報道陣や集まった鉄道ファンの前で、紅白のテープカットやくす玉が割られるセレモニーが行われた。新幹線に乗車する人だけでなく、その家族も見送りに来るなど、東京駅のホームはこれまでにない雰囲気に包まれていた。

この熱気の渦のなかに、大庭幸雄《おおばゆきお》さんと婚約者の和子《かずこ》さんがいた。

午前6時ちょうど発のひかり1号に乗車するため、ふたりは5時23分に御茶ノ水駅で待ち合わせをして5時半に東京駅に着いた。大庭さんは前日、新幹線に乗車できる興奮で一睡もできなかったという。

大の鉄道好きだった会社員の大庭さんは、なんとしてでもこの日、和子さんとひかり1号に乗ろうと考えていた。親族に勧められたお見合いで知り合ったふたりは、5カ月後に結婚式を控えていた。

結婚前に男女が外泊するなどもってのほかという時代、デートは遠くに行けてもせいぜい箱根あたりまでが限界だった。

だからこそ、大庭さんは思った。

新幹線に乗れば日帰りで大阪まで行って、東京に帰ってこられる。時速200キロをなんとしても一番乗りで体験してみたい——。

大庭さんは学生のころ、よく兄にカメラを借りて列車の写真を撮りに出かけていた。まだ珍しかったテレビで鉄道番組が放送されていれば、学校を休んでまで夢中になって観たこともある。そして、「就職をして給料をもらえるようになったら、特急で旅行してみよう」と夢見ていた。

すると就職して2年目の1962年、新幹線の開業が発表されたのだ。

そこで大場さんは周到に準備。

夢と誇りと情熱を乗せて
ひかり1号が走った日
〜JR東海道新幹線〜

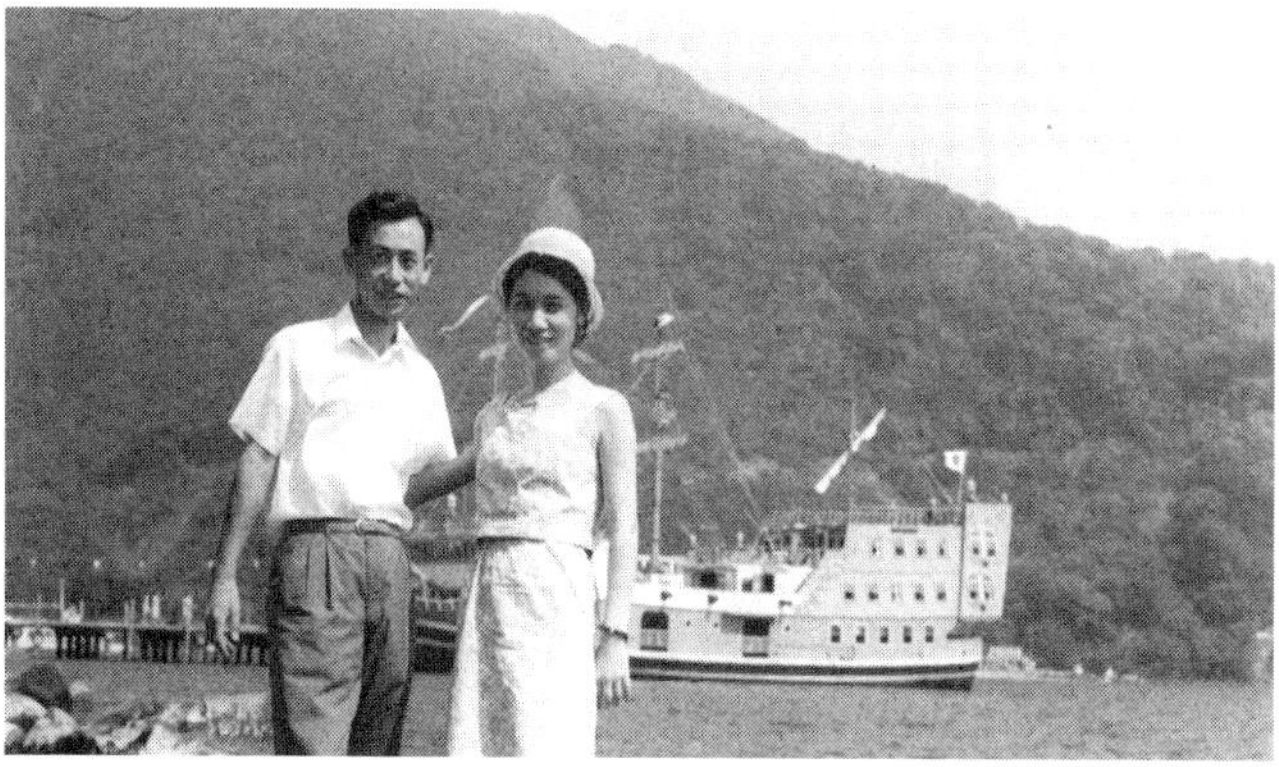

「遊びのために休むなんてとんでもない！」という時代、大場さんは1年も前から職場で「10月1日は休みます」と宣言して回り、休みを確保した。

そして開業3カ月前。旅行代理店の知人のアドバイスに従い、奮発して日帰りの観光にぴったりの周遊券ふたり分を、どうにか手に入れた。


当時は初任給が1万2000円くらいだったのに対して、旅費はトータルで1万円近く。もちろん割高には違いなかったが、それでも一生に一度のことだと思えば、決して高いとは感じなかった。

確保したのはビュッフェ車両の席。車両の半分が料理を提供する席で、半分が座席になっている。婚約者の和子さんも、遠くに旅行できることを喜んだ。


そして新幹線開業当日、ひかり1号の車内は大庭さんたちのように、期待に胸をふくらませた人たちで満席だった。

午前6時、カメラのフラッシュを浴びながら、いよいよひかり1号が東京駅を出発。途中、名古屋駅と京都駅を経由して4時間後に新大阪駅に到着する予定だった。

夢と誇りと情熱を乗せて
ひかり1号が走った日
～JR東海道新幹線～

走り出した車内では、892人の乗客全員が車窓を見つめていた。鉄道にそこまで関心がなかった和子さんも「ああ、さすがに速いなあ！」と感動した。ひかり1号は、高速道路を走る車もあっという間に追い越していった。

沿線では畑仕事をしている人が麦わら帽子を振ったり、民家から日の丸の旗を振っていたりする姿もあった。

ビュッフェ車両には食事をする人の長い行列ができ、混雑していた。さらに、この車両の壁には速度計が設置されていた。こちらにも人だかりができる。

大庭さんも目ざとく速度計を見つけ、持っていたカメラを向けた。

時速200キロになった瞬間をカメラに収めたい——。

しかし、体感速度は速くなっていったものの、速度計の針はなかなか200キロに届かなかった。

そして、静岡県の浜名湖あたりに差しかかったころ。

大庭さん以外の乗客も速度計を見守るなか、ついに針が200キロに届く。大庭さ

0
50
100
150
200
250
Km/h

んは少しあわて気味にカメラのシャッターを押した。

と同時に、車内に興奮気味の口調でアナウンスが流れた。

「ただいま新幹線は200キロで運転中です！」

一瞬、周りが静まり返った。その後、ざわざわと一気に騒がしくなる。

大庭さんは驚いた。

「こんなに速く走行しているのに、なんで車内はこんなに静かなんだろう。素晴らしい乗り心地、そしてすごい技術だ」

午前8時26分、名古屋駅に到着――。

ここ名古屋からも、同じようにひかり1号を心待ちにして乗り込んだ人たちがいる。

山下侑帥《やましたゆうすい》さん一家だ。

当時、山下さんは3年前に鉄工所を立ち上げたばかり。事業を軌道に乗せようと必死に働いていた。

そんな山下さんが新幹線開業を知り、その第1号での旅行を計画する。日ごろ、苦労をかけている家族へのねぎらいのつもりだった。

新しいもの好きだった山下さんは、どうせ乗るなら一番列車でと考えた。そして早速チケットを購入したところ、その通し番号は「0001」。つまり、名古屋からの新幹線チケット購入第1号になったのだ。

妻の矩《のり》さんにとって、娘を出産してはじめての遠出の旅。1歳の長女、政子《まさこ》さんにとっては、生まれてはじめての旅行となった。

この日、山下さんは大事な日にしか着ない背広に身を包み、矩さんは自分で仕立てた新しい服を着て出かけた。

どれほど名古屋駅が華やかな雰囲気になっているのか楽しみだ——。

職人気質《かたぎ》で現場では常に厳しい表情をしていた山下さんも、この日はつかの間のぜいたく旅行を楽しむ気満々だった。名古屋駅に着くと浮き立つ心が抑えられず、家族の写真を何枚も撮影した。

だが、構内の雰囲気は、思いのほか静かだった。

新幹線の改札を通ってホームに着いても人影はまばら。

「新幹線のスピードが速すぎるから、みんな怖かったのかな」

山下さんは、そう振り返った。


ともあれ、山下さん一家はひかり1号に乗車。動き出した車内では、線路脇の電柱が飛ぶようにうしろに行く感覚にとにかく驚いた。「速い、速い」と車窓から目が離せなくなった。

長女の政子さんは、幼すぎてひかりに乗ったことを覚えていなかったが、大きくなって父から「お前はひかり1号に最初に乗ったんだぞ」と自慢げに教えられた。

「0001」という通し番号が裏面に印刷された乗車券は、封筒に入れられて大事に家族アルバムのなかにしまってあった。


そして午前10時、無事、ひかり1号は終点の新大阪駅に定刻通りに到着した。運転

夢と誇りと情熱を乗せて
ひかり1号が走った日
〜JR東海道新幹線〜

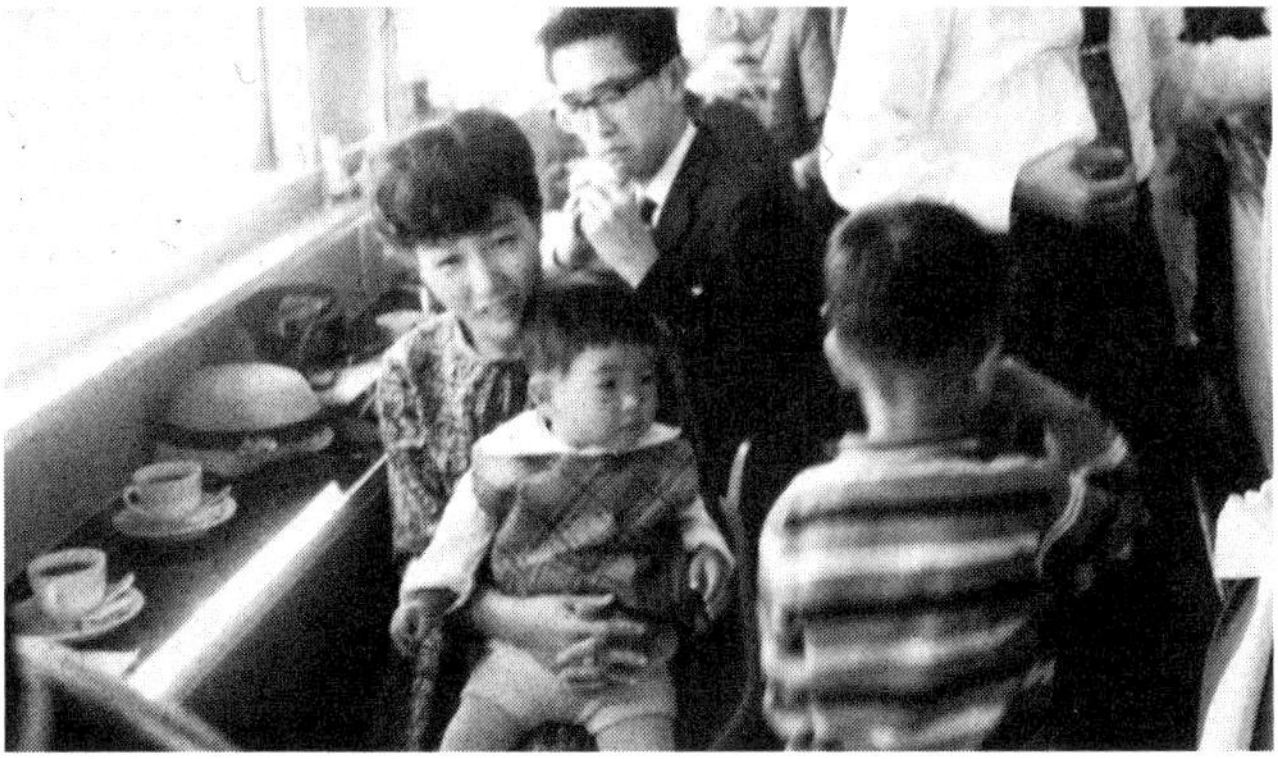

士の山本さんの妻、初子さんはテレビでその模様を観ていた。画面越しでも緊張からか、げっそりした夫の様子が見て取れた。

しかし帰宅後、山本さんは初子さんに笑いつつ、ちょっと悔しそうにこう言った。

「新大阪に着いたのが、実は定刻より1秒早かった」

山本さんは、これまでにないスピードで乗客を安全に目的地に届けるというプレッシャーと闘いながら、なおかつ時間をきちんと守るということに、プロとしてのプライドをかけていた。


ひかり1号がはじめて走った日のその後——。

乗客の会社員、大庭さんと婚約者の和子さんは、新大阪に着くと交通科学館、通天閣、大阪城など7カ所を周遊。結婚前の外泊はご法度《はっと》という制約があるなか、その日の夜10時半、和子さんを自宅まで無事に送り届けた。

この翌年の3月にふたりは結婚。その後も大庭さん夫婦は新幹線に乗ってたびたび旅行に出かけた。

やがて、旅先で撮った写真を年賀状にするのが夫婦の楽しみになった。

第6話

夢と誇りと情熱を乗せて
ひかり1号が走った日

～JR東海道新幹線～

名古屋から乗り込んだ山下さん一家は、神戸を1日観光し、帰りは近鉄で名古屋へと戻った。

その後、山下さんはことあるごとに新幹線を利用し、大阪の取引先などに通った。経営する鉄工所も高度経済成長の波に乗り順調に拡大。多いときには40人ほどの社員を抱えるほどとなった。

一方で、山下さんは沖縄や北海道といった国内はもとより、アメリカのグランドキャニオンやハワイ、あるいはシンガポールなど世界中を旅行した。働いているのは、半ば旅行に行くためでもあった。

もちろん一緒に行くのは、いつも家族。

「オレがここに行くと言ったら行くんだ。家族で行くと言ったら、何がなんでも家族で行くんだ」

常にこのような感じで、夏休みも冬休みもとにかく家族で旅行、というライフスタイルはずっと変わらなかった。

山下さんは数年前、84歳でこの世を去った。山下さんの最後の夢も、やはり家族と一緒に一番乗りだった。

「ひ孫と一緒にリニア中央新幹線の一番列車にも乗りたい。夢だね」

そして栄えある、ひかり1号の運転士となった山本さん。

特急の運転士ですらエリートだった当時、新幹線の運転士といえば、持てはやされるのは当然だった。

だが山本さんは、ひかり1号の運転士だったことを、引退してもなお自分からはけっして言わなかったという。

「新幹線の初運転をしたのは自分だが、かかわった方はたくさんいる」

「自分だけ脚光を浴びるなんてできない」

そして自分の娘、悦子《えつこ》さんにすらこう伝えた。

「父が新幹線の運転士だと周りに言わないように」

山本さんはその後、後進の指導にあたり、1982年、旧国鉄を退職した。家庭で仕事の話をすることはほとんどなかった。

悦子さんは大人になって、東海道新幹線をいくどとなく利用した。そのたびに、父が教えてくれた仕事に関する唯一の言葉を思い出す。

「新幹線は多くの人の力で動いているんだよ」

一方、妻の初子さんは新幹線を見ると、「新幹線はいまも、多くの人を安全に運んでいますよ」と心のなかで亡き夫に伝えている。

山本さんは1995年6月、肺ガンにより68歳でこの世を去った。だが、鉄道への想いは最後まで人一倍強かった。

この年の1月に発生した阪神・淡路大震災で崩れ落ちた高架橋の様子を、入院先のテレビで目の当たりにした際、普段見せないような悲しい表情を浮かべていた。

その一方で、震災で一時不通となった山陽新幹線の復旧を知ると、病床で喜んだという。

誠実に、もっぱら鉄道の「道」に邁進《まいしん》したひかり1号の運転士。

「誠光院専空一道居士」

「光」と「一」の文字があしらわれた戒名とともに、山本さんの鉄道員としての生き方、想いは、これからも光り輝き続ける。

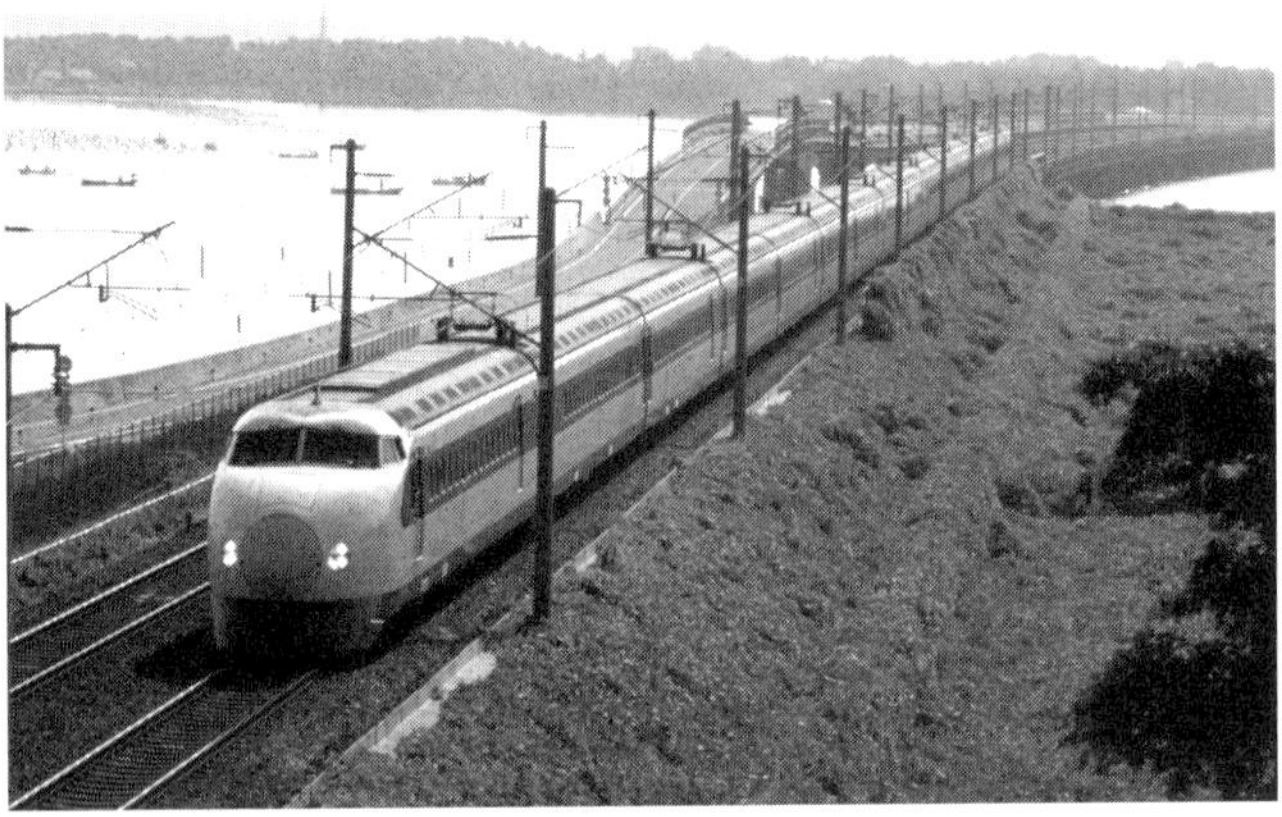

第7話

チンチン電車に救われた母と子の運命の1日

～阪堺電車～

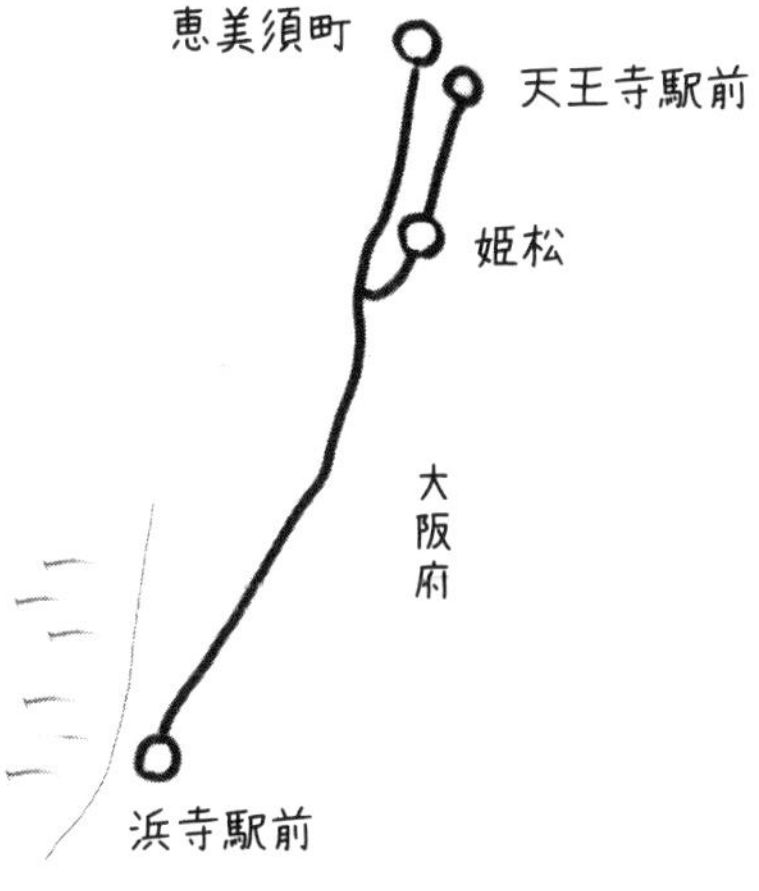

大阪市と堺《さかい》市を結ぶ阪堺《はんかい》電車、通称「チン電」。

JR、近鉄、大阪メトロと連絡している天王寺《てんのうじ》駅前から阿倍野《あべの》、住吉《すみよし》を経由し、堺市の海沿いにある浜寺《はまでら》駅前を結ぶ上町《うえまち》線。

そして、恵美須町《えびすちょう》からJR、南海、大阪メトロの乗換駅である新今宮《しんいまみや》駅前、住吉を経由し、大阪、堺両市内区間の境界となる我孫子道《あびこみち》までをつなぐ阪堺線。

このふたつの路線に、大阪府下で唯一残る路面電車、いわゆる「チンチン電車」が走っている。前身となる大阪馬車鉄道が1900年に開業して以来、100年以上にわたり地元の人々の足として愛されてきた。


今回の物語の主人公、永井貴彦《ながいたかひこ》さんは天王寺駅近くで生まれ育った。

幼いころから、出かけるときにこの電車をよく利用した永井さんは、いまも乗るたびにある記憶がよみがえる。

それは母と過ごした不思議な1日の様子――。


日本が高度経済成長に湧いた1960年代のある日のこと。

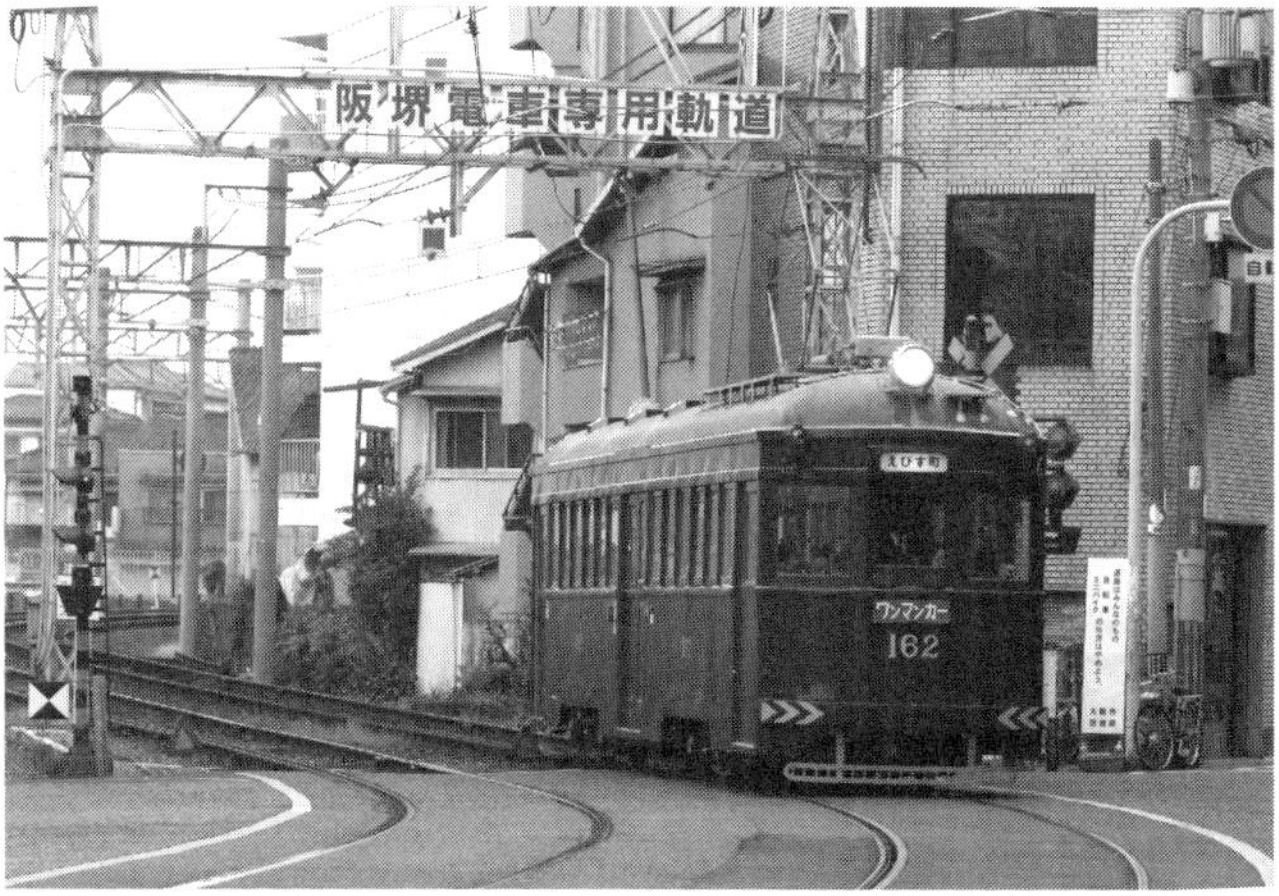

第7話

チンチン電車に救われた母と子の運命の1日

～阪堺電車～

当時5歳だった永井さんは、母から「お出かけしよう」と声をかけられた。内職の給料日など特別な日でない限り、遠出することなどなかった子ども時代。ワクワクしながら母について出かけた。

だが、少し違和感があった。
いつもなら必ず行き先を言うのに、この日は何も言わずに出かけたからだ。

動物園や美術館、そして有名な通天閣があり、にぎわいを見せる天王寺に出てお昼を食べたあと、長い時間あてもなく街をぶらついた。
「奈良のオバちゃんのところにでも行くのかな。でもなんか違うような気もする」
永井さんは、とにかく母のあとをついていった。

そして、たどり着いたのは阪堺電車の姫松《ひめまつ》停留場――。

いつもチンチン電車に乗るのは、始発駅の天王寺からだ。姫松は、そこから5つも

ひめまつ
HIMEMATSU

離れていた。

駅のホームのベンチに座って、ふたりは電車が来るのをじっと待っていた。そのあいだ、母はほとんどしゃべらなかった。

家に帰るわけではないのは、わかっていた。なぜなら、いまいるホームは、それとは反対方向だったからだ。

「となると、住吉大社か浜寺の海かもしれない」

そう思いながら電車に乗り込んだ。これまで行ったことがあるのは、その2カ所くらいしかない。

当時は電車に車掌が乗っていて、切符を手わたししていた。出発するときには車掌がチンチンとベルを鳴らす。それを見聞きするのが楽しくて、永井さんは空いていれば車掌の近くの席に座った。

電車は南へと向かったが、母は一向に降りようとはしない。永井さんが予想した住吉大社も、背後を通り過ぎていった。

153　第7話

チンチン電車に救われた
母と子の運命の1日
〜阪堺電車〜

しかも、母は相変わらずただ黙っているだけ。
「浜寺へ行こうとしているのかなぁ」
ない。
夏、終点の浜寺の海に泳ぎに行ったことがある。だが、いまは海水浴シーズンでは
「なんで、こんな時期に浜寺なんかに行くんだろう?」
本来は、ワクワクして行く場所だったが、そのときは得体の知れない不安感が増す
ばかりだった。いつもなら、「どうして浜寺に行くの?」と聞いたはずだ。だが、そ
の日は理由を聞くのが、なぜか怖かった。
永井さんも母に合わせて、じっと黙り込んだ。
車内には、ほかにも浜寺へ向かうであろう小さな子ども連れの親子がいた。だが、
なんとも言いようのない温度差があった。
揺れる電車のなかで、母と自分だけ浮いているような気分がしてならない。
しかも浜寺に近づけば近づくほど、よけいに母に話しかけづらくなっていく。

ふと左隣にいる母を見上げると、家の薄暗い台所にいるときに見せる、いつもの暗い横顔が目に飛び込んできた。

当時、永井さんの父は家庭を顧みず、母とは別の女性の影もちらついていた。それに対して何も言わず、ただ耐えるだけの気弱な母に、父はよけいにつらく当たった。普通の家庭で聞こえるような笑い声など、まず聞いたことがなかった。いつも、母は泣いていた。

父の帰りが遅いせいもあり、一家だんらん、食卓を囲んだという記憶もない。家計を支えるため、永井さんの母は内職をしていた。その作業の手伝いをしながら、ふたりきりでいるときだけ安心できた。

ただし、そんなときでも笑い合ったような楽しい思い出など、ほとんどない。家には常に重たい空気が流れていた。

出かける数日前も、父のことで母は泣いていた。

子どもなので、父が実際に何をしていたのかはよくわからない。

だが、子ども心に何も悪いことをしていないであろう母を、なぜ父はそれほどまでにいじめるのか。なぜ、大切な母に悲しい思いをさせるのか。永井さんは、父をまるで〝敵〟のように感じていた。

ぼくが母を守ってあげなければ――。

母と一緒にいるときは、いつも母の右側にいるようにした。そうすれば、何かあったときに利き腕の右手で母をかばうことができるからだ。この日も永井さんは、母の右側に座っていた。

浜寺に近づいていく電車のなかから松林が見えた。

松林を越えたら、そこは幼い永井さんにとって世界の〝果て〟だ。

これまで、阪堺電車の南の端である浜寺までしか行ったことがない。その先がどうなっているのか、当時5歳の永井さんには想像すらできなかった。

母は電車に乗ってから、ずっと永井さんの手を握り続けていた。永井さんは普段なら、やや恥ずかしさもあり手をつなぐことなどなかったが、その日の母は「離さない」と言わんばかりにぎゅっと握ってきた。

心臓がよくなかったこともあり、母の手はいつもやや冷たかった。ところが、この日はいやに温かく、少々汗ばんでもいた。

「なんか今日の母ちゃんは、いつもとは違う……」

永井さんを包む得体の知れない不安感は、どんどんふくらんでいった。

やがて終点の浜寺駅前停留場に到着。

降り立って海岸に行くと、久しぶりに見た海が太陽の光に照らされ、キラキラとまぶしかった。

数件並んでいた露店のほうを見ていると、突然母が言った。

「好きなもの、買《こ》うてあげるよ」

永井さんはびっくりした。

遠出をするのと同様、特別な理由がない限り、おもちゃなど買ってもらったことがなかったからだ。

「何がええの。このお面がええの？」

永井さんは、欲しかったヒーローのお面を買ってもらった。

そのお面をかぶったら、自分もヒーローに変身して強くなれる——。

そんな想いもあって選んだ。

永井さんはお面をかぶって、海辺を走り回った。精一杯楽しいふりをしたが、母の様子は変わらない。永井さんは、ほどなくはしゃぐのをやめた。

母は砂浜にじっと座り込んで動かなかった。

海の向こうの一点を見つめながら、何かをひたすら考えているようだった。自分に何を言おうか、迷っているようにも見えた。

やがて日が沈みだし、海がオレンジ色に染まっていった。

永井さんは、母の左隣に腰を下ろした。目の前に待ち受けるのは世界の果て。ここから先はないという切迫感と、母はどうなってしまうのだろうかという不安感が相まって、永井さんの胸は押しつぶされそうだった。

このままこうしていると、そのうち自分も母も海のなかへと消えてなくなってしまうのではないか。

かといって、どう話しかければいいのか。

話しかけたせいで、もし母の気持ちがよからぬほうへと向かってしまったら、果たして自分は、それを引き戻すことができるのか――。

電車のなか同様、永井さんは話しかけるのが怖かったが、かといって何もしなければば、事態は確実に悪い方向へと進んでいくような気がしてならなかった。

しばらく心のなかでせめぎ合ったのち、永井さんは自分の気持ちに素直に従おうと決めた。

やっぱり家に帰りたい――。

そして母に声をかけた。

「母ちゃん、帰ろうよ」

「チンチン電車に乗って帰ろうよ」

その言葉を聞いた母は、永井さんを見てポロリと涙を流した。そして、黙って抱きしめた。

ふたりは浜寺の停留場に向かい、またチンチン電車に乗り込んだ。母は相変わらず

チンチン電車に救われた
母と子の運命の1日
～阪堺電車～

何もしゃべらなかったが、家に帰ろうとしていることだけはわかった。

「あっ、これでまた、もとの世界に戻っていくんや」

電車に揺られながら、永井さんはそう思った。


しばらくすると、ぼんやりと明かりがともった姫松停留場が見えた。不安な1日のはじまりだったこの場所が、今度は「おかえり」とやさしく迎えてくれたような気がした。

帰りの電車でも、行きと同じように永井さんと母はずっと手を握り合っていた。ただ、ひとつだけ違うところがあった。

母の手の温度は、いつもの冷たさに戻っていた。


あの日のことを、永井さんも母もそれ以降一度も話したことはない。

不思議な1日の出来事は、こうしてふたりだけの秘密となった。


永井さんは物心つくと、一刻も早く一人前の大人になって働きたいという気持ちが強くなっていった。猛勉強の末、私大の法学部に合格。卒業後は法律関係の公務員となった。

就職が決まったとき、誰より喜んでくれたのは母だった。その報告をした際、母は、ひと言口にした。

「生きててよかった」

社会人となった永井さんは、いったんは親元を離れた。

一方で、いつのまにか父も家族と向き合うようになり、母とも平穏に暮らすようになった。

その後、永井さんはまた実家に戻ってきた。自身の家族も持ち、母には子どもの面倒を見てもらうこともあった。そしてさまざまな想いがこもったこの家で、父と母それぞれの最期を看取った。

あのとき、母は息子とともに世界の果てのさらに先まで行くつもりだったのか、それとも現実逃避として浜寺へと向かっただけなのか、永井さんは、とうとうわからずじまいだ。

ただ、「チンチン電車で帰ろうよ」と母に言ったとき、母は何かをあきらめたのではないか。それは裏を返せば、息子のために生きるという覚悟をしたということだったのではないか。

永井さんは、そう感じている。

不思議な1日の舞台となった浜寺の砂浜は、その後整備され、当時の面影はもはや残っていない。一方で、姫松停留場は、あの日のままだ。

ときおり、浜寺から戻ってきたときに目に映った光景を思い出しながら、永井さんはいまでもこう思う。

自分も母も、チンチン電車に救われたのだ、と。

第8話

体も心も温かくなる
駅そば屋に息づく人のきずな

～JR常磐線 我孫子駅～

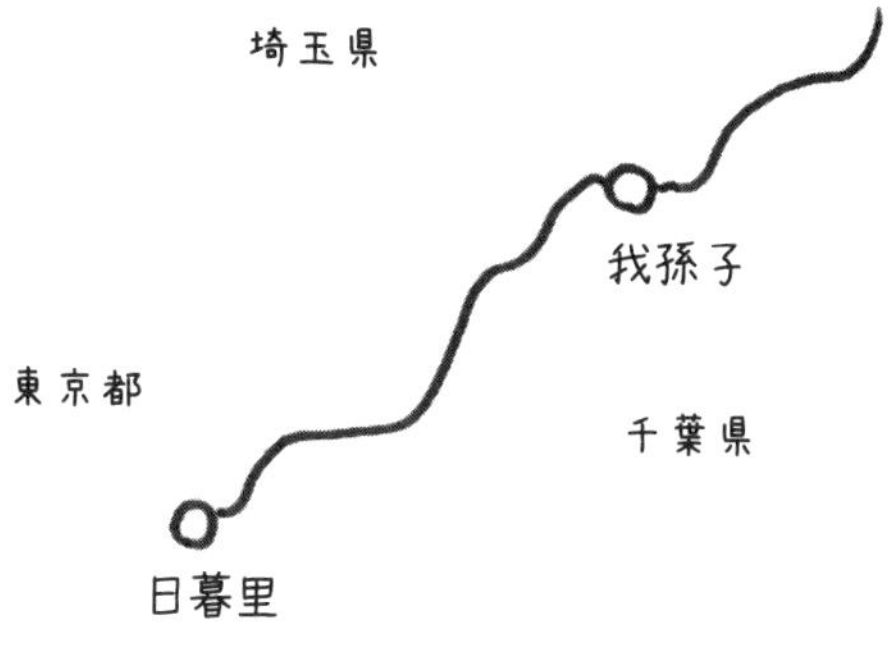

千葉県の柏《かしわ》市や松戸《まつど》市、あるいは茨城県の取手《とりで》市など、東京のベッドタウンと都心部を結ぶ路線として知られる常磐《じょうばん》線。

だが実は関東圏にとどまらず、起点となる日暮里《にっぽり》から宮城県岩沼《いわぬま》市の岩沼駅まで路線距離343キロを誇る一大幹線である。

今回の物語の舞台は、常磐線の我孫子《あびこ》駅。他の駅と同様、東京への通勤客を中心に1日に約3万人が利用する。

その我孫子駅のホームに、1軒の立ち食いそば屋がある。

名前は弥生軒《やよいけん》――。

一見どこにでもある立ち食いそば屋だが、実は1928年に弁当屋として開業して以来、90年以上も続く駅そばの名店である。

看板メニューは、器からはみ出すほど大きな唐揚が乗った「唐揚そば」。これを目当てに毎日大勢の客が訪れ、1日、1000杯以上も売れるという。

さらにこの店には、もうひとつ大きな特徴がある。それは、メニューだけでなく店

167　第8話

体も心も温かくなる
駅そば屋に息づく人のきずな

〜JR常磐線 我孫子駅〜

そのものが、客にも従業員にも愛され続けてきたことだ。

朝7時——。

弥生軒の1日がはじまる。

慣れぬ手つきで開店の準備をする湯澤智弘《ゆざわともひろ》さん。1年前からこの店でアルバイトとして働いている。

湯澤さんは中学生のころ、引っ込み思案で友人とうまく話せなかった。

そんな湯澤さんが、文化祭の準備が終わって帰宅する途中、弥生軒に立ち寄ったときのこと。

唐揚そばを注文したときに、思わず「疲れたぁ」とつぶやき、ため息をついた。すると店員が、「お疲れさま」とにこやかに声をかけてくれたのだ。

とりわけ湯澤さんの心に響いたのが、店員の距離感。

その表情から、親密になりすぎず、ちょうどいい距離を取りつつ、自分のことを心

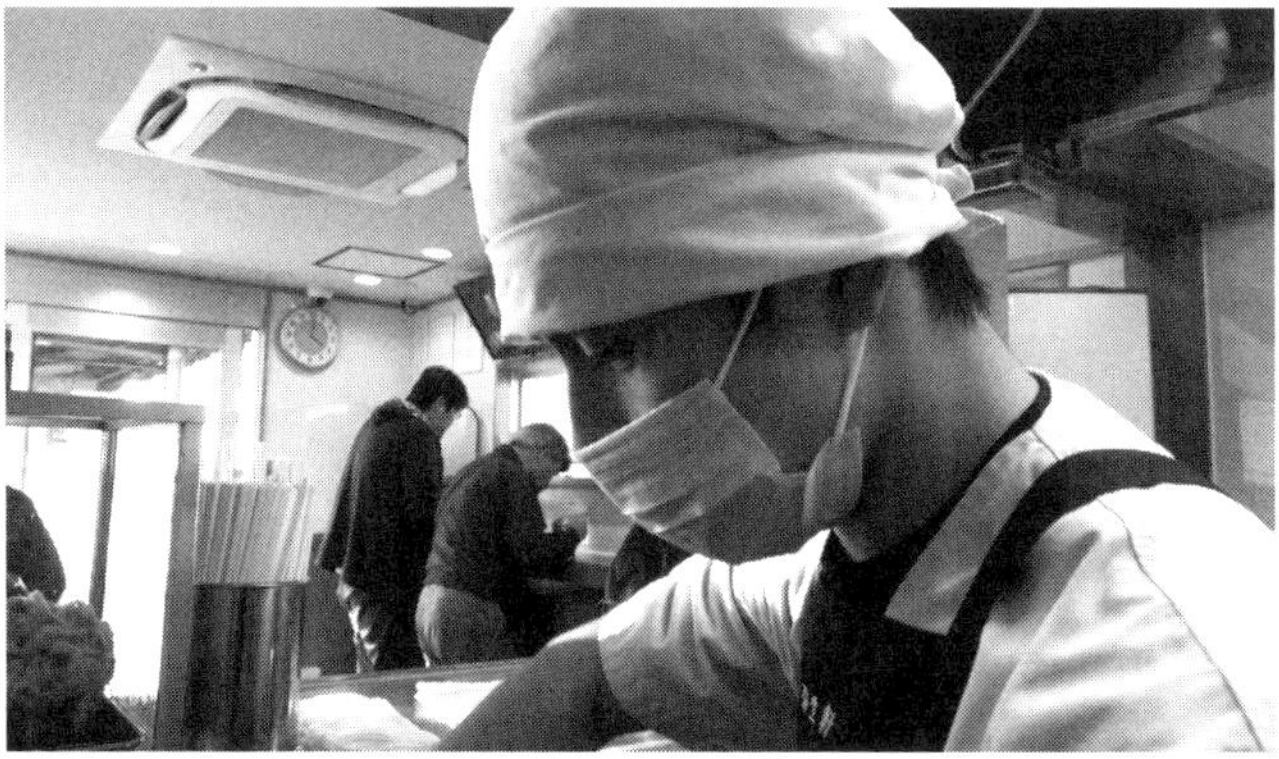

第8話 体も心も温かくなる 駅そば屋に息づく人のきずな

～JR常磐線 我孫子駅～

配してくれていることが、すぐに伝わってきたという。

それまで、駅のそば屋を「手早くお腹を満たせるただの飲食店」としか思っていなかった。だが、「お疲れさま」のひと言で弥生軒のイメージがガラリと変わった。

大学に進学してからも、同級生との付き合いは少し苦手だった湯澤さん。アルバイトも考えたが、人とコミュニケーションをとらなければならない仕事は、できればやりたくない。そんなとき、ふと弥生軒のことが頭に浮かんだ。

湯澤さんは以前、たまたま弥生軒の厨房《ちゅうぼう》の様子を見たことがあった。お客さんもたくさん並んでいる忙しそうな状況で、どうやって従業員たちは働いているんだろう――。

気になって店外からなかをのぞき込んだところ、スピードが命の仕事の最中でも、全員が黙々と働くのではなく、常に声をかけ合い、助け合い、しかも客への気配りも忘れずにフォローし合っていた。

人が心から動いている。

湯澤さんの目には、従業員同士を結ぶ「きずな」がはっきりと見えた。

湯澤さんはここで働くことに決めた。

湯澤さんがアルバイトで入った当初は、そばや総菜をつくる工場の仕事を担当していた。だが、いまは店頭で接客もこなしている。

もちろん不安はあった。最も不得意ともいえる業務のため、実際ミスも絶えない。それでも、周りの人たちは怒ることなく、励まし、ていねいに教えてくれる。

しかも、大学の勉強で徹夜してちょっと疲れた様子で店にやってくると、体調を気づかってくれるなど、細かいところまで相手のことを思いやる気持ちがみな強い。

そんな環境で働いているうちに湯澤さんは、「繁盛してますか?」「元気?」というお客さんからのひと言にも、受け答えできるようになった。

そうか。長々と話すだけがコミュニケーションじゃない。たったひと言声をかけるだけでも、心配りができたり、励ましたりできるんだ――。

湯澤さんは、実際に働いたことで、自分が中学生のときに感じた心地よさの理由を理解することができた。と同時に、大事なことにも気づいた。

ここは、ただお腹を満たすだけの場所じゃない。お腹と同時に心も満たしてくれる場所なんだ――。

湯澤さんは、いつのまにか人と接するときの不安を感じなくなっていた。

午前11時――。

食材の補充の時間。

柴原大《しばはらひろし》さんは、近くの工場から店舗にそばつゆなどの食材を運んでいる。1回に運ぶ食材の重さは50キロ以上。それをエスカレーターは使わずに、階段を上り下りしながら1日に何往復もする。

柴原さんは一度、弥生軒を辞めて、また戻ってきた。

そもそもこの店の仕事に興味を持ったのは、駅構内で仕事ができるという珍しさと、職場が家から近いという明快な理由から。そして、面接で社長の植崎和基《うえさきかずもと》さんと話をし、その人柄に惹かれ、弥生軒で働くことを決めた。

実際、仕事は楽しかった。とりわけ、「何十年ぶりだけど味が変わってないね」「学生のころ、よくここで食べたよ」などといった、客との何気ない会話が柴原さんの楽しみだった。

そのため、お客さんが話しかけやすく、お客さんに話しかけられやすい店員でいることを常に意識していた。

だが、柴原さんは4年ほど働いたのち、弥生軒を離れてしまう。幼いころから動物好きだった柴原さんは、動物と触れ合う仕事がしたくて資格を取得し、トリマーに転職したのだ。

それから10年、動物の健康、美容関係の新たな事業を立ち上げた。だが、どんなジャンルでもそうだが、新規事業をすぐに軌道に乗せるのは容易なことではない。

柴原さんは、本業で一本立ちできるようになるまで、〝副業〟をすることに決めた。その際に頭に浮かんだのが、かつて働いていた弥生軒だった。

そこで、社長の植崎さんに会いに行き、本業の合間を見てまた仕事をさせてもらえないか頼んでみた。すると、植崎さんは快く受け入れてくれたのだ。


こうして柴原さんは、再び弥生軒で働きはじめた。

1回目は家からの近さと、駅で働けることが弥生軒の魅力だった。では、2回目の弥生軒勤めで、柴原さんが感じた魅力は何なのか。

「社長との、ちょうどいい距離感ですね。こちらにずかずか踏み込むことなく、でもしっかりと気にして、折に触れ『本業も応援する。がんばれよ』と声をかけてくれる。それに、トータルで10年くらい面倒を見てもらっていますから、感謝しかないですね」

午後2時――。
西野《にしの》和子《かずこ》さんが厨房に立っていた。

「冷やしは今日で終わりなのよ。食べられてよかったね。来年もまたよろしく！」

「唐揚2個!? 食べられる？ 大丈夫？」

そばを出しながら、お客さんとにこやかに会話をする和子さんの明るい声が、店内に響く。

和子さんは弥生軒に勤めはじめて約15年。接客だけでなく、新人の教育係も任される立場だ。

新人教育で最初に教えるのが、「元気な声であいさつをする」こと。短い時間でお客さんとコミュニケーションをとるために、まず大きな声であいさつできるかどうかが肝心だという。

そのうえで、「お客さんの身になってそばを出すのが大事な心得」だと語る。

外国人客にも臆せず話しかけ、彼らの国の言葉を教えてもらう。

駅そばほど、スピードが大事な飲食はない。だからこそ、ただ食べてもらうだけじゃなく、また来てもらえるようにおいしく提供する――。

これが彼女の流儀だ。

さらに和子さんは、そばを食べる3分でその人がわかるともいう。

チケットを無言で差し出す人。一緒に来た人の分まで、水を持っていく人。食べたあと、テーブルを拭いてくれる人。食器を下げるときに「ごちそうさま」とひと声かけてくれる人……。

こうした様子から、「その人の人生まで見えてくる」と語る。

実は、そんな和子さんの人生も、この場所で転機を迎えた。

いまから10年ほど前、そばを食べにきた客、西野雅雄《まさお》さんが和子さんに喫煙所の場所を聞き、ちょうど休憩に入る和子さんが案内をした。

そのとき、他愛のない会話から、お互いが近所に住んでいることがわかった。

「じゃあ、たまには会いましょう」と言って別れてからほどなく、家の近所の居酒屋でふたりは偶然、再会したのだ。

177　第8話

体も心も温かくなる
駅そば屋に息づく人のきずな

～JR常磐線 我孫子駅～

雅雄さんは、「これは何かの縁だろう」と感じた。

その後も、雅雄さんはたびたび客として来店。働き者で、誰とでも分け隔てなく接する和子さんの姿に、いつのまにか惹かれていった。

聞けばお互い60過ぎで、一緒になる際に邪魔となる障害も、とくにはない。

「ならば、人生の最後をともに過ごしたい」と雅雄さんは猛アプローチ。はじめは戸惑っていた和子さんだったが、1年ほどの交際を経て、ついに雅雄さんの気持ちを受け入れた。

まさに弥生軒からはじまった縁で、ふたりは人生のパートナーになった。

効率化とスピードアップが叫ばれる忙しい世の中で、駅そば屋といえばそれを象徴するような場所ともいえる。多くの人は言葉も交わさず、かき込むように食事をして去っていく。

そんな場所にもかかわらず、不思議と弥生軒では人が結びつく。そのわけは、昨日今日はじまったわけではない、この店でずっと引き継がれてきた〝伝統〟にあった。

社長の植崎さんが大切にしているものが、店の前に飾ってある。色彩豊かな貼り絵などで知られる「裸の大将」山下清《やましたきよし》の絵だ。

実は山下清は、1942年から5年ものあいだ、弥生軒に住み込みで働いていた。当時の弥生軒は、植崎さんの祖父が弁当屋として切り盛りしていた。山下清は、手先が器用なことを生かしてお弁当の包装紙をひもで縛ったり、ニンジンや大根の皮むきをしたりしていたという。

ただし「放浪の画家」と言われるだけあり、5年間、ひたすら黙々と働いていたわけではない。弥生軒に来て半年後、彼は突然、姿を消してしまう。そして戻ってくるのは、そのまた半年後のこと。

その後も、半年ごとに何も言わずに失踪し、放浪してはまた半年後に戻ってくるということを繰り返した。

当然、最初に山下清が理由も言わずいきなりいなくなったときは、みんなあわてて一生懸命捜していた。ところが、半年したらケロッとして「ただいま」と帰ってくる。それが半年おきに繰り返されるため、従業員も次第に慣れっこになった。

当時、一緒に働いていた植崎さんの父いわく、「今日は星がキレイですね」「月がキレイですね」と山下清が言うと、次の日に必ずいなくなるとのこと。また、弥生軒では山下清がいなくなることを、「放浪」ではなく「夜逃げ」と呼んでいたという。

祖父は、何食わぬ顔をして「ただいま」と帰ってきた山下清に対し、当初はカンカンになって怒った。

「『ただいま』とは何ごとだ。みんな心配してたんだぞ！」

それに対し山下清は、こう答えた。

「帰ってきたんだから『ただいま』なんだな」

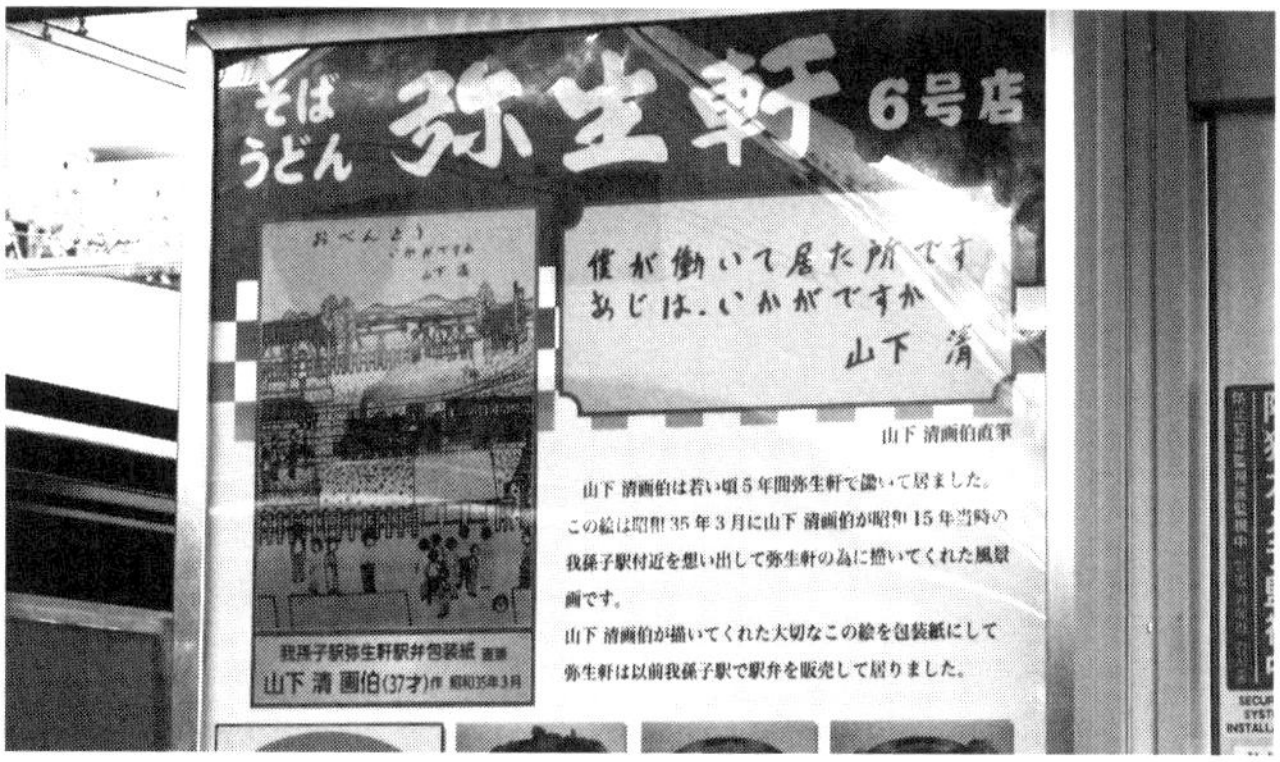
そば
うどん
弥生軒
6号店
僕が働いて居た所です
あじは、いかがですか
山下 清
山下 清画伯直筆
山下 清画伯は若い頃5年間弥生軒で働いて居ました。
この絵は昭和35年3月に山下 清画伯が昭和15年当時の
我孫子駅付近を想い出して弥生軒の為に描いてくれた風景
画です。
山下 清画伯が描いてくれた大切なこの絵を包装紙にして
弥生軒は以前我孫子駅で駅弁を販売して居りました。
我孫子駅弥生軒駅弁包装紙
山下 清 画伯(37才)作 昭和35年3月

そして、住み込み用にあてがわれていた自分の部屋に、働いているときと同じように何食わぬ顔をして戻っていった。

植崎さんの祖父も、「夜逃げ」が繰り返されるうちに、「しょうがない」と許すようになったという。

「戦時中でもあり、祖父は『来る者は拒まず』で、みんなで助け合って生きていたと思います。山下画伯に対しても『飯は食わせてやるから、その代わり仕事をしろよ』という感じだったのではないでしょうか」

植崎さんはそう語る。

山下清は晩年、弥生軒の弁当の包装紙用の絵を描いている。四季に合わせた4つの絵を描くつもりだったが、最後の1枚は描けずに1971年、他界した。

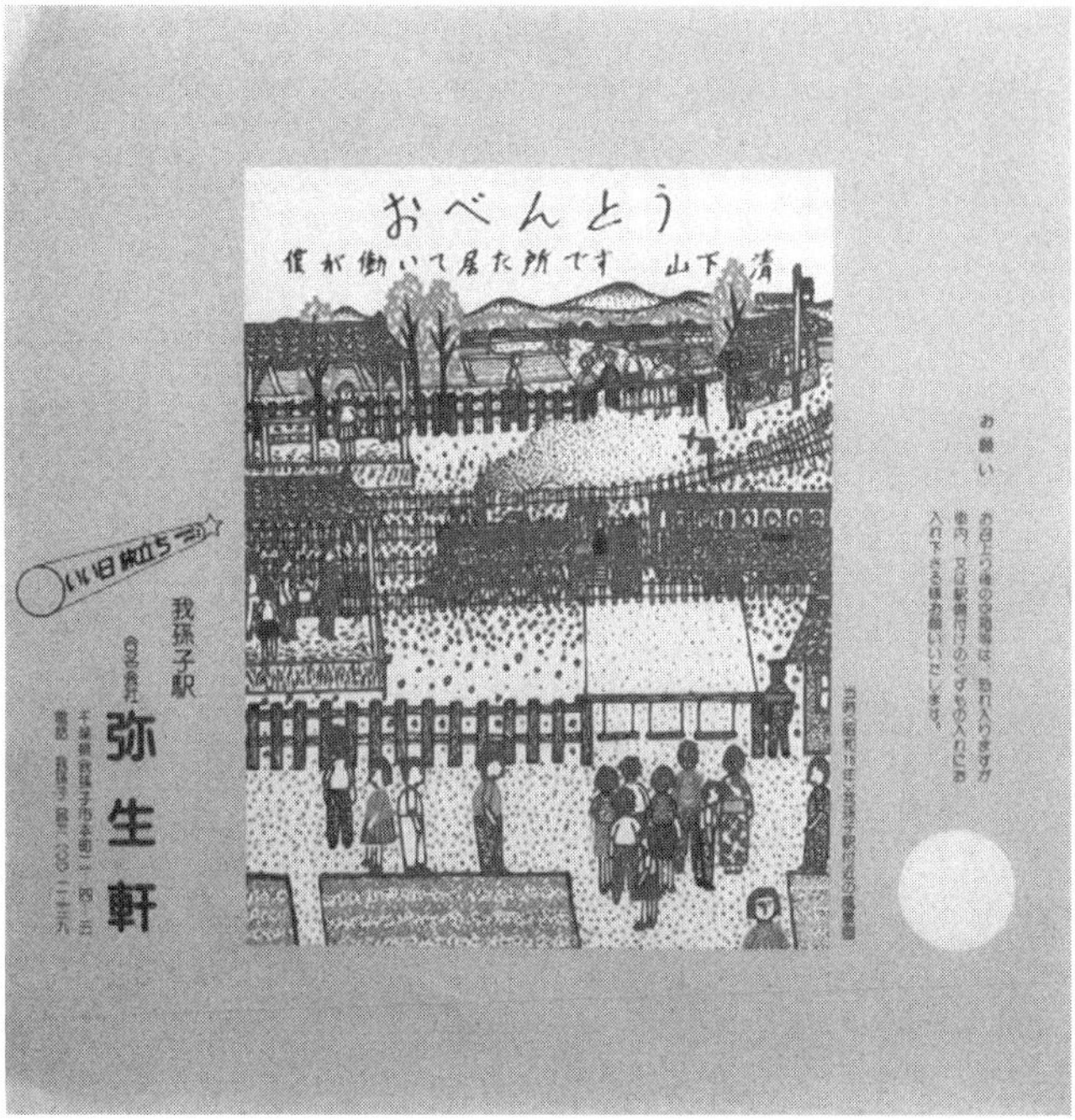

第8話　体も心も温かくなる駅そば屋に息づく人のきずな

～JR常磐線 我孫子駅～

植崎さんの基本も、「去る者は追わず来る者は拒まず」。採用の基準は正直であること。そして話がかみ合えば、「じゃあ、うちで仕事してよ」となる。

現在50人ほどいる従業員のうち、およそ2割は外国籍だ。アメリカ人、イギリス人、韓国人、ネパール人と、その出身はさまざま。

ある日、働き口がなくて道端で子どもを抱えて困っていた外国人と出会った植崎さんは、「うちで働くといい」といってすぐに雇い入れたこともあった。

日本語が、ほとんど話せない人を採用したこともある。

「日本人を入れてほしい」という声も挙がったが、植崎さんは「それは差別だ」と、頑として聞き入れなかった。

「肌の色が違うとか言葉が通じなくたって、身振り手振りで教えりゃいいじゃないって単純に思います。あくまで対人間なんですから。お互いがかみ合えばいいんです」

一方で、従業員が辞めていくことは卒業だと思っている。

「預かった以上、やっぱりどこに出しても恥ずかしくない人になってもらいたい。『君どこでやってたの？』『あー、さすが、やっぱり弥生軒かぁ』って言われたいじゃないですか。そのうえで自分の選んだ道で成功してくれれば、ぼくもうれしいんでょ」

弥生軒には、動物関連の仕事に就いた柴原さんのように、辞めたあとにまた戻ってくる人もいる。植崎さんは、どう思っているのか。

「従業員が戻ってきてくれるのは縁があるから。一生懸命仕事してくれてこちらも助けられているので、感謝しているくらいです」

縁を信じて人を受け入れる。

店は夜11時45分まで開いている。

今日も弥生軒は、疲れて帰宅する人たちを我孫子駅のホームで待っている。

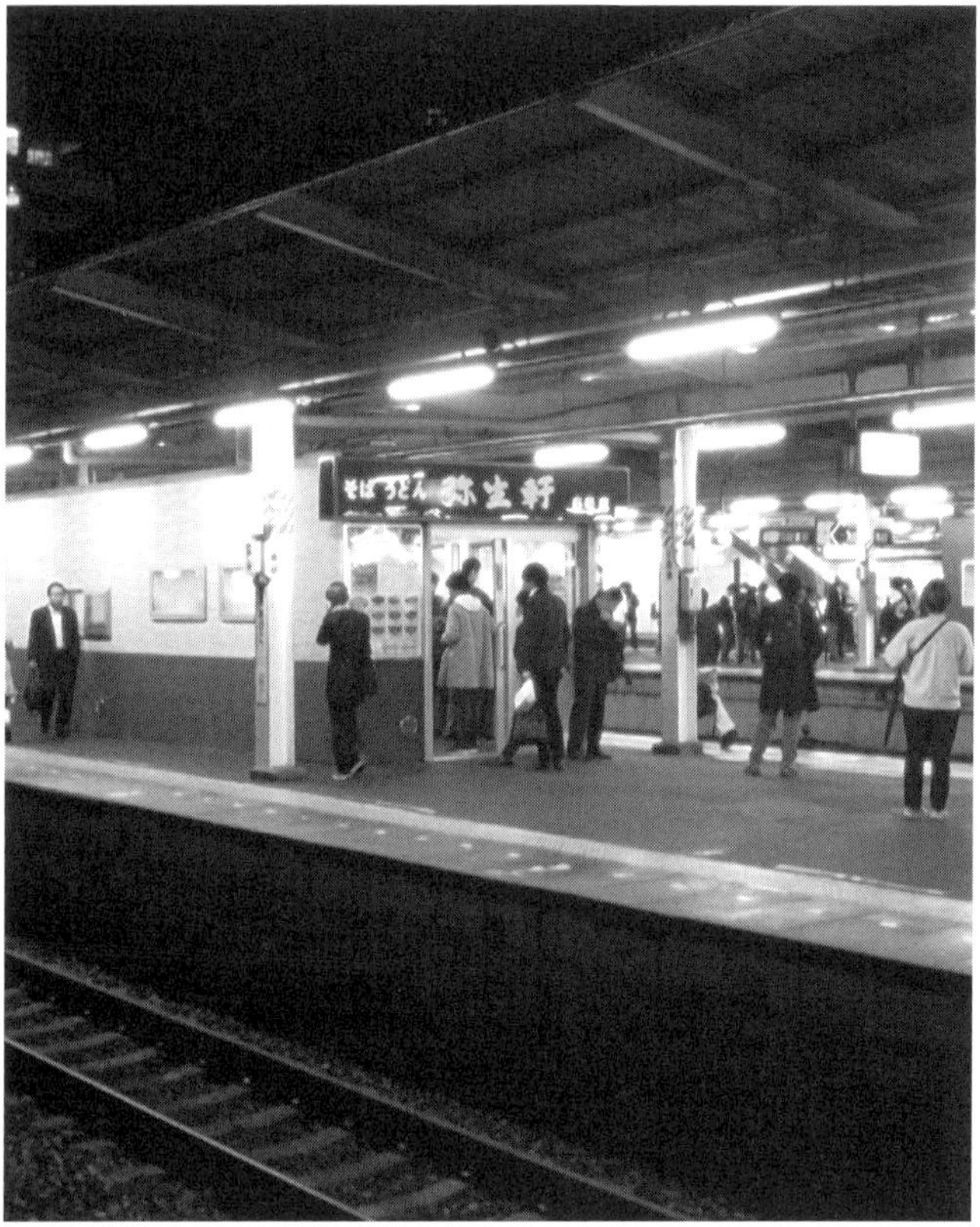
そば うどん 弥生軒

第9話

待っている人に喜びを運ぶ 50年変わらぬ行商の日々

〜京成電鉄〜

上野と成田空港間を走る特急「スカイライナー」をはじめ、東京の東部と市川市、船橋市、千葉市など千葉県の主要都市を結び、1日平均、約160万人が乗り降りする京成電鉄。

初詣客だけで毎年約300万人が訪れる成田山新勝寺《なりたさんしんしょうじ》や、映画『男はつらいよ』の舞台となった柴又帝釈天《しばまたたいしゃくてん》、さらに東京スカイツリーや上野動物園など、沿線には多くの観光スポットが立ち並ぶ。

このように、1912年の開業以来、約110年にわたり、通勤、通学、観光の足として世界中の人たちに利用されてきた京成線。

この長い歴史のおよそ半分、50年間、京成線に乗り続けてきた女性がいる。

今回の物語の主人公、田辺泰子《たなべたいこ》さんだ。

田辺さんが利用しているのは、京成線の主要駅のひとつ、千葉県佐倉《さくら》市にある京成佐倉駅。現在は基本的に週3回だが、かつては土日もなく週7日、佐倉駅から東京へと通っていた。

なぜ、田辺さんは50年にわたり、毎日のように京成線に乗り続けてきたのか。それ

第9話

待っている人に喜びを運ぶ
50年変わらぬ行商の日々

～京成電鉄～

は、自分の畑で採れた野菜を東京まで売りに行く、「行商」をしているからだ。

かつては、東京の至るところで行商の姿が見られた。

戦後、東京の人口が増加し食料不足が深刻化すると、その需要に応えるべく、千葉、埼玉、茨城などの農家が、こぞって東京で野菜や果物、魚などを販売。その足として、行商専用列車が多くの路線で運行された。

だが、高度経済成長を境に流通網も整備され食糧難も解消されると、行商の数は徐々に減少。いまでは、大半が姿を消した。

その数少ない現役行商人のひとりが、田辺さんなのである。

田辺さんは1942年生まれ。行商に出はじめたのは、1970年のことだった。

その2年前に結婚し、翌年子どもが生まれた。当時、家業の畑仕事を手伝う一方、母が東京に野菜を売りに行き、その稼ぎで一家は生計を立てていた。

その母に突然、乳ガンが見つかる。そのため、田辺さんが母の代わりに野菜を売りに行くことになったのだ。

待っている人に喜びを運ぶ
50年変わらぬ行商の日々
〜京成電鉄〜

とはいえ、商売のやり方を教わったことなどない。しかも、行き先は右も左もわからない道の入り組んだ東京の下町。当時、まだ1歳だった息子を家に置いて、仕事に行かなければならないのも心配のタネだった。

だが、野菜を売らなければ、家族が路頭に迷ってしまう。悩んでいるひまなどない。不安を抱えながら、田辺さんの行商生活がはじまった。

行商にはさまざまなスタイルがあるが、田辺さんの母のやり方はお得意さんを中心に、一軒一軒、家を訪問するというもの。

最初の2日は母と一緒に東京に向かい、とりあえず得意先を紹介してもらった。だが、それ以降はひとりで、売りに回らなければならない。はじめは道もわからない街を歩くことも、知らない家に飛び込んで声をかけるのも気が重かった。

なかには、新顔の田辺さんに「お母さんのときはもっと安くしてくれたんだけど」「おまけもいっぱいしてくれたよ」などとクレームをつけ、野菜を値切って持っていこうとする意地悪なお客さんもいた。

一方で、困っている田辺さんを見て、「あの人、気をつけな」とアドバイスをくれる人もいたという。


そんな田辺さんの一番の心配事は、何よりも野菜の売れ残りだった。

田辺さんは、すべて売り切るまでは家に帰らないと決めて、1日中、街を歩き回ったが、なかなか売れない日は、「値引きするから買って」と頼み込んだこともあった。

最初のうちは母に教えてもらったお得意さんの家だけ回っていたが、慣れるにつれ新規のお客さんも開拓していく。

とはいえ、そう簡単に新たなお得意さんは見つからない。はじめて訪問した家では、断られるのが当たり前。だが、ここでいちいち心が折れていては仕事にならない。

つらいなんて言ってる場合じゃない。野菜はどんどんできるんだから、とにかく売らないと――。

何度も何度も訪れ顔を覚えてもらい、ようやく新たなお客さんがつくようになった。

そんな田辺さんが東京に行く際に乗ったのが、京成線の行商専用列車だ。

車内には自分と同年代はほとんどおらず、母親世代の人が多かった。佐倉駅から乗り込む同業者も7、8人いたという。

こうした行商仲間が、不安にかられる田辺さんの強い味方となった。

次第に顔なじみが増えるにつれ、行商の先輩がいろんなことを教えてくれた。自分の畑では育てていない野菜のこと、売れ筋の野菜、そして白菜が甘酸っぱくおいしくなる上手な漬け方などなど。

ワイワイ騒いでも、行商専用列車だけにほかの乗客はいないので、ときには東京に着くまで車内でみんなで歌ったり、踊ったりしたこともあった。

こうして行商仲間たちと楽しみ、助け合っていくうちに、田辺さんの重い気持ちも徐々に晴れていった。

 第9話

待っている人に喜びを運ぶ
50年変わらぬ行商の日々

～京成電鉄～

そのうちに、夫も「あれだけの量を売り切っちゃうのは、大したもんだよ」と驚くほど、田辺さんの行商はうまくいくようになった。

母が開拓した地盤を広げ、地域住民とほどよい関係を築くまで10年はかかったという。その結果、ご飯をごちそうしてくれるような、親しいお得意さんもできた。

だが、やっと一人前の行商人になれたと思いはじめたころ、行商に出かけているあいだに母が他界してしまう。

葬儀を行い、悲しみにひたるのもつかの間、すぐに田辺さんは仕事に復帰した。たとえ身内に不幸があったとしても、仕事に行かなければ、収穫した野菜を廃棄しなければならない。それは農家として、なんとしてでも避けたいことだった。

こうして長いあいだ、ほぼ毎日、田辺さんは行商を続けてきたが、次第に流通、小売りのさらなる発達により、〝行商産業〟が衰退の一途をたどりはじめる。

さらに、自動車の普及や都市化によって、列車を利用する行商人の数が減ったことから規模を縮小していた京成線の行商専用列車は1982年、ついに運行廃止。代わりに定期列車の最後尾の1両が行商専用車両となったので、田辺さんはそれに乗って東京へと通い続けた。

だが、自分より年上が多かった行商仲間は、高齢などを理由に仕事をだんだんと辞めていく。ほどなく、行商専用車両を利用する人も減っていき、最後は、田辺さんを含む数名しか乗らなくなった。


こんなに少ないのに、ひとつの車両を陣取っているのは申し訳ない——。

そう思った田辺さんは、自ら鉄道員に「これからは一般車両に乗るからいいですよ」と伝えた。

そして2013年、ついに行商専用車両も廃止された。

一般車両に乗るようになってからは「周りの迷惑になるから」と、わずかにいた仲間とのおしゃべりもしなくなった。


そして現在——。

いまは、ひとりで東京まで通う田辺さん。

早朝、田辺さんはいつものように大きな荷物をたずさえ、ホームで電車を待つ。

自分の胸の高さくらいにまで積み上げられた段ボール箱を、カートに乗せている。箱の中身は、昨日の午後に収穫し準備しておいた、ほうれん草やネギなど10種類の野菜。すべて田辺さん自身が育てたものだ。

ホームに立つ顔なじみの駅員に話しかける田辺さん。駅員もそれに笑顔で応じる。

この駅に田辺さんのことを知らない人はいない。駅員とのおしゃべりは、行商へ向かう田辺さんの朝のささやかな楽しみでもある。

やがてベルが駅構内に鳴り響き、快速特急京成上野行きがホームに滑り込む。田辺さんは最後尾の女性専用車両に乗り込むと、車内の一番隅の優先席を確保しカートを自分のかたわらに置いた。ほかの乗客の邪魔にならないようにするためだ。

電車に揺られること1時間――。

目的の駅に到着すると、田辺さんは街へと繰り出した。

第9話 待っている人に喜びを運ぶ 50年変わらぬ行商の日々 ～京成電鉄～

50年通い続けたこの街を、いまでは隅々まで知り尽くしている。

今日もカートを引いて歩きながら、家々を一軒ずつ回って野菜を売る。母の代からの常連客は、もうほとんどが亡くなってしまった。

「お客さんが少なくなって、さびしいけどね。でも、それでいいよ。私も、もうそんなにいっぱいは運べないから。運べるだけの荷物で商売をするのがちょうどいい。年とって欲張っちゃダメよ」

新規のお客さんはもうつくらないようにしている、と話す田辺さん。

常連客のなかには、田辺さんと同世代でひとり暮らしをしている人もいる。みんな、田辺さんが野菜を売りにくるのを楽しみに待っている。

なかなか野菜が売り切れない日は、歩き回っているうちに万歩計の数値が1万歩を超えることもある。ただし、あまり歩きすぎると古傷を抱えたヒザが痛み出す。

若いころに荷物を背負ったまま転倒し、ヒザにケガを負った。

当時は、行商から戻れば息子の世話や畑仕事の手伝いがあったので、痛かろうが病院に行くひまもなく放置していた。その後、交通事故で入院した際、レントゲンを撮ったところ「ヒザに水がたまり、曲がらなくなっている」と言われたのだ。

また、過去には二度、母と同じ乳ガンを患っている。

一度目のときは2カ月も入院。「もう行商をするのは無理だろう」とあきらめかけた。死ぬことも覚悟して、親戚にも連絡したほどだ。だが、どうにか行商に復帰することができた。50歳くらいのときのことだ。

二度目は70歳になろうかというころのこと。このときは1週間入院した。だが、それでも行商をやめたいとは思わなかった。

2019年、今度は腸にポリープができて同じく1週間入院している。

ずっと体を酷使してきており、さすがにもう昔のような無理はきかない。

街中を歩きだしてから数分、とある戸建ての住宅の玄関先に着くと、田辺さんは「八百屋でーす」と声を張った。

これが、田辺さんが来たお知らせの合図。住人が外に出てくると、田辺さんは道路の脇で段ボールを開け、持ってきた野菜を売りはじめた。

今日のいちおしは赤いほうれん草。スーパーではなかなか見ない自慢の品だ。

「あんた、赤いほうれん草って食べたことある？　ポリフェノールってやつね。茹《ゆ》でると赤いつゆが出るのよ」

田辺さんのセールストークがさえわたる。

行商人にとって、お客さんの興味を惹くトーク術も欠かせないスキルだ。田辺さんの頭には、この街に住むあらゆるお客さんの好きな野菜、嫌いな野菜の情報がつまっている。

行商をやりはじめてから、一度も「楽して稼げる」と思ったことはない。

しかも、押しつけるように野菜を売りたくない、というのがポリシーだ。

「この前買った野菜がまだ残っている」とお客さんに言われれば、「じゃあ今日はや

 待っている人に喜びを運ぶ
50年変わらぬ行商の日々
〜京成電鉄〜

めときな」ということもある。

手塩にかけて育てた野菜は、本当に喜んでくれる人に届けたい。商売のやり方は、失敗を繰り返しながら自己流で身につけてきた〝50年もの〟だ。

家から家へと歩いているうちに、徐々に持ってきた野菜は売れていった。しかし、ほうれん草の売り上げがイマイチ。売れなければ家計の足しにならない。

どうしようか考えていると、買ってくれそうなお客さんが浮かんだ。

町工場の奥さん。いつも、一緒に働く親戚のために野菜をたくさん買ってくれる常連さんだ。

田辺さんが足を運ぶと、町工場の奥さんは、残った野菜を買い上げてくれた。

田辺さんはホッと胸をなでおろして時計を見る。

今日は予定の時間内に野菜を売り切ることができた。

「できるだけ早く野菜を売り切って、午後3時には自宅に着くようにしたい」と話す田辺さん。ただし、それは家で早く休みたいからではない。

「農家は日が高いうちは仕事があると思っているから」と自ら話すように、帰っても次の仕事が待っている。

当然、次のシーズンに合わせて、野菜の種植えの準備もしなければならない。畑仕事は以前より範囲を狭くして、自分ひとりで管理できる分だけ残し、常時20種類ほどの野菜を育てている。

「持ってきた野菜が全部、売れるだろうか」

50年たっても、不安は尽きない。

そうまでして、田辺さんが行商を続けるのはなぜなのか。

「家計の足しになればいいからね。それに、いまこの歳になって使ってくれるとこなんてないでしょ」

そして田辺さんは、こう続けた。

「引退なんてもったいない。行けば楽しいんだし。それに、歩くのは薬。あまり歩くとヒザが痛いけど、お客さんにはそんなこと言わない。痛い足を引きずってまで行商に来てるなんて、思われたくないからね」

佐倉駅に戻ると、駅員が田辺さんに「お疲れさまでした」と声をかけた。

家では息子夫婦も待っている。

喜びや悲しみを分かち合う仲間は、もうほとんどいない。だが、田辺さんにはこうして待ってくれている人たちが大勢いる。

その人たちがいる限り、そして自分の体が動く限り、今日も明日も、田辺さんは電車に乗って行商へと出かけていく。

第10話

鉄道を愛し人に愛された心やさしき運転士の旅立ち

～アルピコ交通 上高地線～

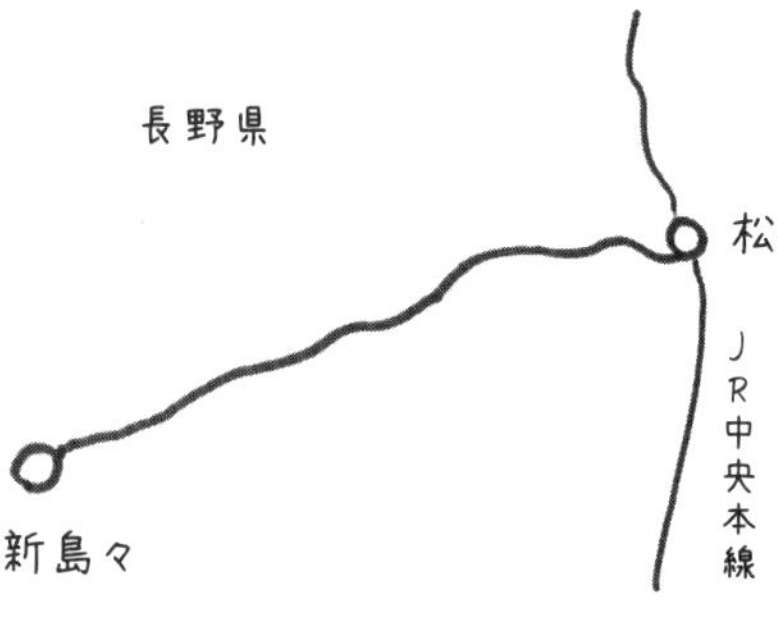

長野県を代表する史跡のひとつ、国宝松本城から徒歩20分ほどの場所にある松本駅。そして、乗鞍《のりくら》高原や上高地《かみこうち》に向かうバスターミナルを擁する新島々《しんしましま》駅。この両駅のあいだ14・4キロを、およそ30分で結んでいるのがアルピコ交通上高地線である。

上高地線の開業は1921年のこと。以来100年にわたり、通勤、通学、観光の移動手段として地域を支えてきた。

実はアルピコ交通上高地線は、2000年代に一時〝廃線〟の危機を迎えた。その際に、この路線をなんとか盛り上げ、立ち直らせようと、会社、地域住民、そして全国の鉄道仲間を巻き込み、さまざまなアイデアを実現させた人物がいる。

同線運転士、林公介《はやしこうすけ》さんだ。

公介さんは、幼いころから電車に夢中だった。

散歩の途中で電車を見かけると、1時間近く飽きもせず、ただただその様子をながめていたという。両親がそろそろ帰ろうとすると、大声で泣きじゃくってその場を離

Highland
Kamikochi Line

れようとはしなかった。

まだ言葉を発することはできなかったが、その代わり、全身で「電車をいつまでも見ていたい」という気持ちを表していた。

その後も、電車を見たいと家で泣きじゃくり、見に行けば今度は帰りたくないと泣きじゃくるの繰り返し。いつしか「電車が大好きな少年」として、近所でも話題になるほどだった。


しゃべれるようになった3歳のころから「電車の運転士になる」が口ぐせ。

小学校に入ると両親の肩たたきでおこづかいをせっせと貯め、2年生のときに早くもはじめてのひとり電車旅に出かけた。


中学、高校と進学しても、公介さんの鉄道への想いはまったく変わらず。鉄道模型づくりやグッズ集め、そして全国各地の電車の旅にのめり込んでいった。

母の道江《みちえ》さんも、父の正文《まさふみ》さんも、なぜ息子がこんなにも電車好きなのか、その理由はよくわからなかった。

ただ、中学まで特定の友だちがいる様子もなく、そのあまりの〝鉄道オタク〟ぶりが、同級生などからちょっと白い目で見られているようだということ、それだけが心配だった。

一方、当の本人は周りの視線など知ってか知らずか、夢の実現に向かって一直線にひた走り、高校卒業後、念願だったJR東日本に入社。運転士になるという第一歩を、ついに踏み出す。

そして、数年の車掌経験を経て運転士試験に合格。25歳で晴れて特急「あずさ」の運転士になった。

ところが、あずさの運転士になって3年後——。

公介さんに突如、辞令が交付される。

それは、運転士から指令室勤務への異動。

指令室とは、管轄地区の全路線の運行管理からダイヤ調整、あるいは緊急事態への対応などを行う、文字通り鉄道会社の心臓部。普段の働きぶりが認められなければ、スタッフに選ばれることなどない〝出世コース〟だ。

両親は、心から喜んだ。

鉄道好きな息子が順調に出世し、会社の中心部署に抜擢《ばってき》されるなんて——。

ところが、それから1年もしないうちに、両親は公介さんから思いも寄らぬことを聞かされる。

「JRは辞める。それで上高地線に転職するよ。もう決めたから」

まったく寝耳に水の息子の言葉を、父はにわかに受け入れられなかった。

もちろん、息子を信頼しているし、その決断は尊重したい。

だが、なぜ、せっかく子どものころからあこがれていた会社に入ったにもかかわらず、あっさり辞めてしまうのか。

なぜ、将来的にも安定している仕事を捨てて、小さなローカル線への転職を決めてしまったのか。

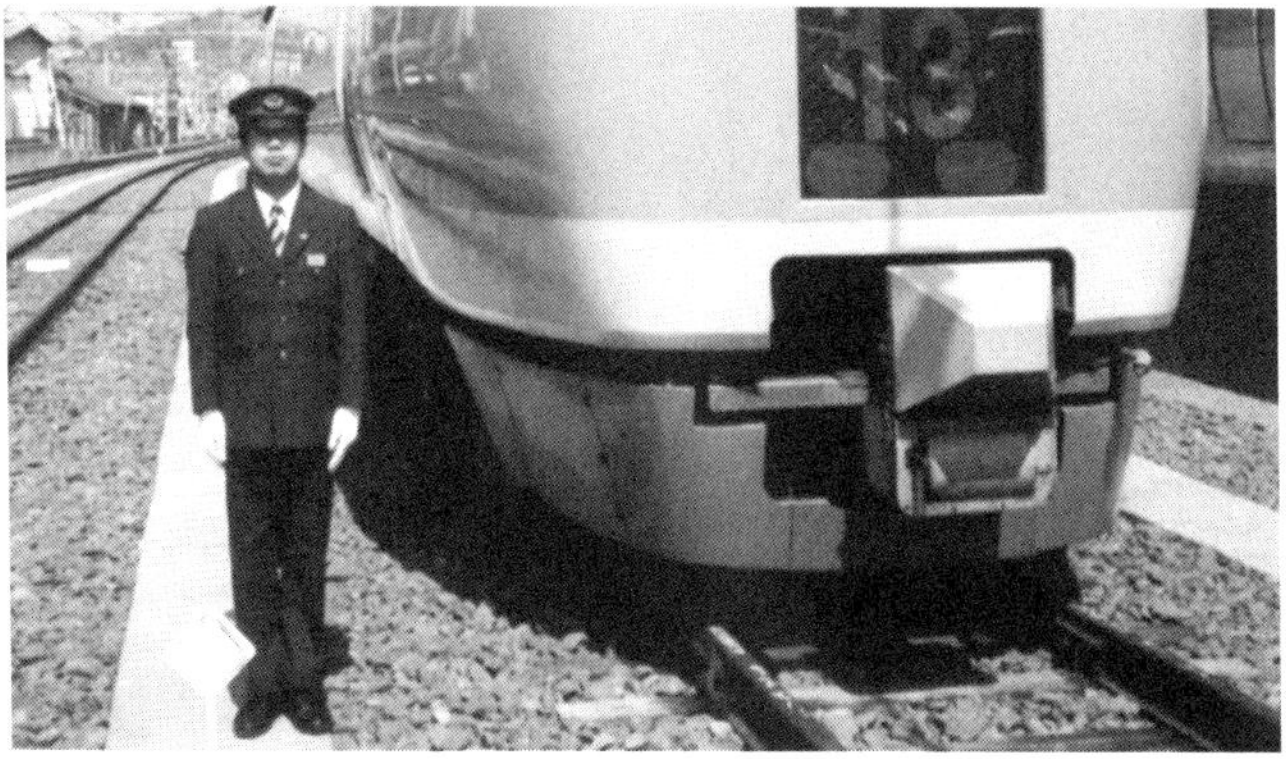

鉄道を愛し人に愛された
心やさしき運転士の旅立ち
～アルピコ交通 上高地線～

ますます厳しくなっていく時代、同じ鉄道会社だったら、大きいほうがいいに決まっているだろうに……。

正文さんは、一足も二足も先に社会に出た先輩として、公介さんの行動、気持ちに納得がいかなかった。

「仕事の安定性、将来性でいえば、JRのほうがどう考えても安心できる。よく考えてみたらどうだ」

夜中の2時、3時まで父の正文さんは息子と話し合った。

だが、いくら何を言われたところで、出世よりなにより電車を運転する現場にいるということが大事だった公介さんにとって、答えは変わりようがなかった。

「もう決めたことだからさ」

正文さんは息子の決断を、不本意ながら受け入れるしかなかった。

こうして公介さんはJR東日本を退職し、アルピコ交通に入社。上高地線の運転士として、久しぶりに鉄道の現場に戻ることとなった。

釈然としない両親とはうらはらに、再び電車を運転することになった公介さんは、特急あずさの運転士時代よりも、さらに生き生きと仕事に取り組んだ。

雪が降れば雪かきをするため、ときには朝の4時に起きて仕事へ行く。ほかの運転士が体調を崩せば、率先して代わりを務める。事故が起きれば真っ先に駆けつける。

「線路を渡るヤギがいれば、電車を停めて待つんだ。車両に猫が乗ってきたんで、隣の駅で降ろしたこともあるし」

公介さんは母の道江さんに、仕事の様子を楽しそうに報告した。

一方、公介さんの同僚も最初は「なぜ、あんな大きい会社から、うちのようなローカル線に転職してきたのだろうか」と疑問に思っていた。

だが、さらに驚いたのが、入社してからの公介さんの仕事ぶりだ。

とにかく、乗客から声をかけられる。しかも「公介さん、元気ですか」「今日はこの時間に運転しているんですね」といったように、会話の内容が、客と運転士のものとはとても思えないほど親密だったのだ。

「お客さまから、ここまで声をかけられる人など見たことない。名前まで覚えてもらっているなんて、どれだけお客さまに気を配っていることか……」

ただ単に電車が好き、運転が好きというだけにとどまらず、電車という〝ツール〟を通じて人と人とのきずなを大事にする。公介さんの運転士としての姿勢に、同僚は深い感銘を受けた。

ところが、転職してしばらくたったころ、公介さんの両親が恐れていたことが現実になる。２００７年、アルピコ交通が経営危機に陥ったのだ。

公介さんも、もちろん悩んだ。

ただし、それは「あのままＪＲにいれば……」といったたぐいのものではない。どうすればアルピコ交通を、上高地線を守ることができるか、思い悩んだのだ。

そして公介さんは、すぐに動き出した。

まずは突破口のヒントを探すべく、ほかのさまざまな駅や鉄道で行われているイベントを見て回った。それこそ日本全国をめぐってだ。

そのうえで会社にかけ合い、さまざまな〝しかけ〟をはじめた。そのひとつが、車内で地元のぶどうを使ったワインが楽しめる「ワイン電車」だ。

さらに、鉄道の模型を走らせるイベントや、年に一度の「上高地線ふるさと鉄道まつり」などの立ち上げにも力を入れた。

すると、あるときひとりの子どもから手紙が届く。その子は不登校児だったが、公介さんがかかわった鉄道イベントに参加したところ、とても楽しく、それがきっかけで、学校にも通えるようになったというのだ。

公介さんは思った。

「自分が上高地線のために行ったことで、周りにも元気を与えることができるんだ」

公介さんは、鉄道を盛り上げる仕事にさらに邁進する。

なかでも、全国的にも先駆けとなったのが鉄道会社のキャラクターづくりだ。

絵心があった公介さんは、上高地線の渕東《えんどう》駅と渚《なぎさ》駅にちなんだ「渕東なぎさ」という女性のキャラを自ら発案。キーホルダーをはじめとするグッズを販売することによって、会社の利益が少しでも増えるようにした。


公介さんのがんばりもあり、アルピコ交通は最悪の事態を免れることはできた。だが、公介さんには、まだまだやることが残っていた。

それは、引退したED301形電気機関車の復元——。


ED301形電気機関車は、1960年にアルピコ交通の前身である松本電気鉄道が譲り受けて以来、貨物列車の牽引や除雪用の機関車として使用されてきた。だが、2005年に引退すると、屋外に放置され、劣化しボロボロになってしまっていた。

公介さんは、この電車が近いうちにスクラップにされるらしいと聞いて、心を痛めていた。なぜなら、この電気機関車は1926年ごろアメリカから輸入され、全国で

えんどう
AK 13
渕東
ENDO
AK 14 新島々
波田 AK 12

もわずか3両しか現存しない、いわば貴重な〝文化財〟だからだ。

ＥＤ３０１形を復元すれば、鉄道好きの人たちにもアルピコ交通を大きくアピールできる——。

２０１２年11月、公介さんは、なんとか会社の許可を取りつけると、復元プロジェクトチームを立ち上げた。といっても、アルピコ鉄道の社員を集めたわけではない。「ふるさと鉄道まつり」などで個人的に知り合った、一般の鉄道ファンを招き入れたのだ。

そのうちのひとりが、大学教員の岩崎直彦《いわさきなおひこ》さん。公介さんは、岩崎さんを車庫に連れていき、ボロボロになったＥＤ３０１形電気機関車を見せてこう言った。

「このひどい状態を見てください」

「ぼくは、これをどうしてもきれいに直したいんです」

公介さんの熱意に胸を打たれた岩崎さんは、快くその依頼を引き受けた。こうしてＥＤ３０１形電気機関車復元プロジェクトがスタートした。

鉄道を愛し人に愛された
心やさしき運転士の旅立ち

〜アルピコ交通 上高地線〜

その一方で、公介さんは本業の運転士として働きながら、上高地線がさらに魅力的になるヒントを探して、仕事の合間合間で相変わらず全国を飛び回っていた。

もちろん、まだ30代とはいえ、これほどまでにハードな毎日を過ごしているのだから、疲れないはずがない。

かねてアルピコ交通の組合の機関誌に寄稿していたマンガが賞をもらい、その表彰式に出席するため北海道におもむいた。夜中に長野を出て、その次の日の夜中に戻ってくるという強行スケジュールだ。

自宅に戻ってくると、公介さんは「うんと疲れた」「すごくしんどい」と漏らすようになった。

それから、およそ2週間後の2012年12月3日――。

夜、自宅に帰ってきた公介さんは、母の道江さんがつくってくれた夕食のカレーを手に2階の自室へと向かった。

「明日は、ようやくゆっくり休める日だから起こさないでいいよ」

そして翌日、お昼を過ぎても公介さんは起きてこない。

「疲れているから起こすのも……」と道江さんは、言われた通り起こさずにいた。だが、夕方を過ぎても、公介さんはまだ起きてこない。その日の夕飯は、息子が一番好きな手づくりコロッケだった。

せっかく疲れをねぎらうために、コロッケをつくったのに……。

さすがにしびれを切らした道江さんは、2階へと向かった。

すると、トイレで倒れている公介さんの姿が。

あわてて近寄ると、手は冷たいが心臓はまだ温かい。道江さんはすぐに119番通報し、電話口のスタッフに言われるがまま、心臓マッサージを行った。

だが息子は帰ってこなかった。

部屋をのぞくと、昨日のカレーはきれいに食べ終わっていた。

あまりにも突然の別れに、両親はただただ呆然とするだけだった。

公介さんの葬儀当日──。

両親は、公介さんが控えめな性格で、それほど交友関係も広くなかったことから、参列者はせいぜい100人程度だと考えていた。

ところが、予想をはるかに上回る300人以上もの人たちがやってきたのだ。

アルピコ交通の職員はもとより、JRのかつての同僚たち。鉄道でつながった同じ趣味の仲間。乗客と思《おぼ》しき小さな子とその親、祖父母などなど、地元のみならず遠く名古屋や大阪、仙台、北海道などから、公介さんの葬儀に駆けつけた。

しかも、葬儀が終わってからも、弔問客はあとを絶たず。全国から多くの鉄道仲間が線香を上げに自宅を訪れた。なかにはJR時代に「運転士試験に落ちたとき、公介さんに励ましてもらった」という人もいた。

この様子を見た父の正文さんは、あるとき公介さんと交わした会話を思い出した。

「アルピコの車両なんてたった2両なんだから、特急あずさの運転に比べたらずいぶん楽なんじゃないのか」

すると公介さんはこう答えた。

「たしかに2両だけど、そのうしろには保線の作業員、指令所のスタッフ、駅の駅員などさまざまな人たちがいる。あんなローカル線の電車ひとつを動かすのだって、本当にたくさんの人の力が必要なんだ」

「息子は鉄道を通じて、こんなにも人に慕われていたなんて……。私たちよりも、ずっと広い世界で生きていたんだな」

両親は別れのそのときになってはじめて、自分たちの知らない息子の一面を目の当たりにした。

もっとも、葬儀を終えても、ふたりはなかなか気持ちの整理がつかなかった。

息子の部屋はあの日のまま。

布団を片づけることさえできずにいた。

息子の死を受け入れられなかった歳月。

7年というときを経て、道江さんと正文さんは、そこから先に進みたいと思った。

ずっと手をつけられなかった公介さんの部屋も、少しずつ片づけはじめた。

大切に保管してあった自身の歴代ネームプレートや、自分で企画したイベントの新聞記事のスクラップ。そして、楽しそうに仕事をする姿を収めた写真の数々——。

家では見せたことがない飛び切りの笑顔を浮かべた息子の姿。親の反対を押し切って入った小さなローカル線で、公介さんはまさに輝いていた。


正文さんと道江さんに、「息子をもっと知りたい」という気持ちが芽生えた。

そこでふたりは、上高地線の新村《にいむら》駅である人と会うことにした。


その人は、公介さんが立ち上げたED301形電気機関車復元プロジェクトチームの一員だった岩崎さん。

岩崎さんはプロジェクトがスタートすると、鉄道仲間を集めて、復元に向けてのスケジュールを決めようと考えていた。その矢先に公介さんの訃報が届く。

「最後に会ったときの公介さんは元気そのもの。訃報を聞いたときはぼくたちも信じられませんでした。『冗談だろ』って……」

運研ゼミ
運転士
車掌
林 公介

リーダーである公介さんを失い、岩崎さんは「復元プロジェクトもこれで終わりだろう」と思っていた。ところが、公介さんの知人であるアルピコ交通の職員から、「どうする？」と声をかけられたのだ。岩崎さんがたずねた。

「やらせてくれるんですか」

「やってもいいですよ」

普通は部外者に任せることなどあり得ないのに。このおおらかさが、アルピコ交通のいいところなんだ――。

こうして岩崎さんを中心に修復作業が続けられ、6年の歳月を経て2019年、ついにED301形電気機関車は復元された。

正文さんと道江さんは、岩崎さんの案内で、新村駅で復元されたED301形電気

鉄道を愛し人に愛された

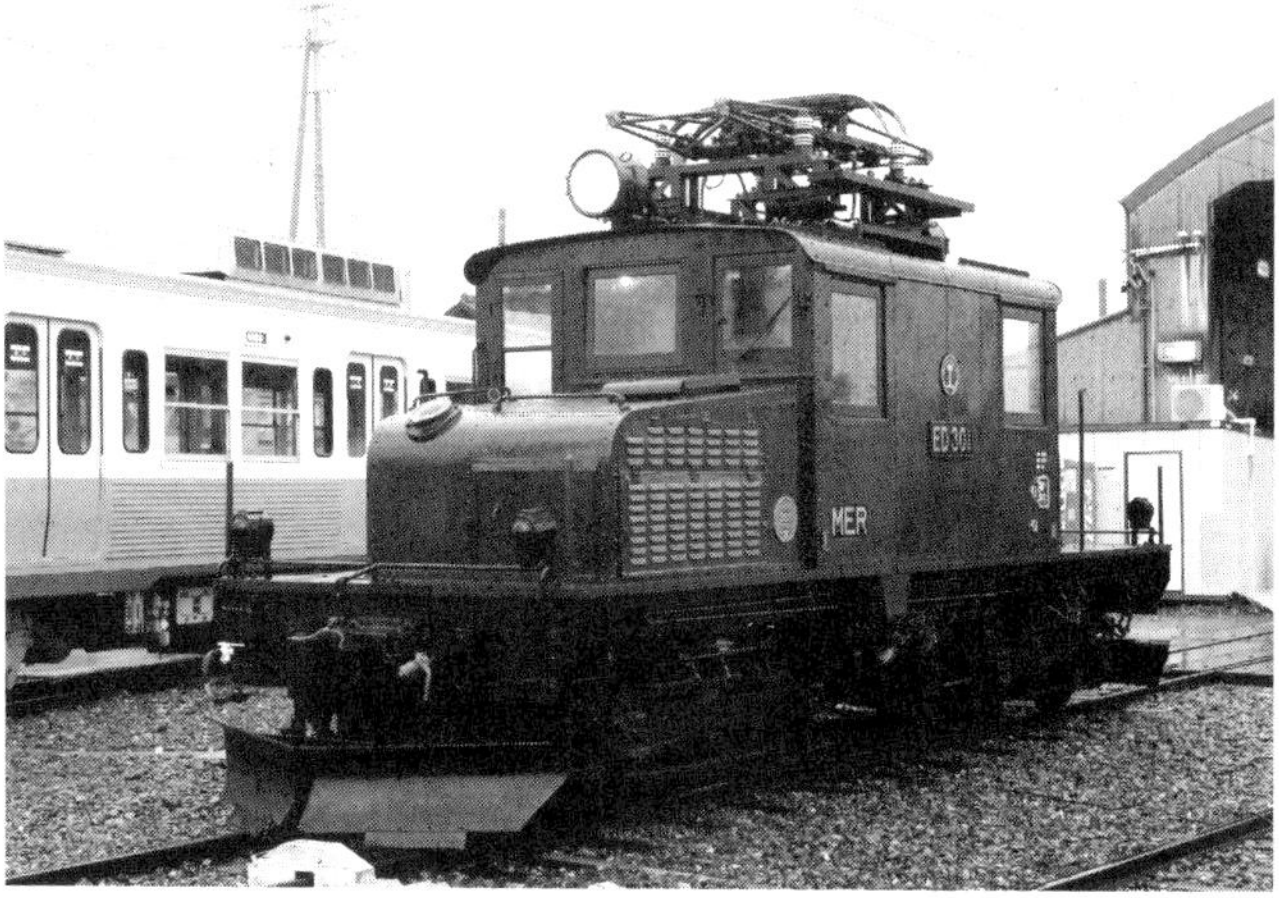

機関車を見た。

とてもボロボロだったとは思えないほど、きれいになった車体にふたりとも驚いた。

「これが公介がやりたかったことか……」

息子のやさしい人柄はもちろんわかっていたが、人の上に立つようなタイプではない。正文さんも道江さんも、これまでずっとそう思っていた。

ところが、自分たちの知らないところで多くの人をまとめ上げ、その熱意がこうした価値あるものとして実を結んだことを知り、驚きが隠せなかった。

鉄道とめぐり合わなければ、ここまで人との縁が広がることなんてなかったはず。公介が鉄道好きで本当によかった。アルピコ交通に入って本当によかった——。

ED301形電気機関車は現在も、公介さんが力を入れた「ふるさと鉄道まつり」などで、子どもたちに電車の楽しさを伝え続けている。

公介さんが考案した、ワインを味わいながら電車の旅を楽しめる「ワイン列車」も継続中だ。さらに、公介さんが命を吹き込んだキャラクター「渕東なぎさ」も、いまだに現役。その姿が車体に描かれた「なぎさＴＲＡＩＮ」も運行されている。

道江さんも正文さんも、こう思った。

息子は天国へと旅立ってしまったが、その想いはアルピコ交通上高地線で、そしてかかわりがあったすべての人の心のなかで、いまも生き続けている——。

それからふたりは、家族が入るための新たな墓をつくった。

そこに描いたのは「家紋」ではなく「電車」。

そして、彫った言葉は「林家」ではなく「旅立ち」——。

両親はいま、こう考えている。

私たちがこの世を去ったら、あいつの電車に乗せてもらおう、と。

『「沁みる夜汽車」の物語』第2弾によせて

年の瀬も迫った2018年の暮れ、私は突然、上司に呼ばれました。

「室伏、鉄道は好きか?」

「はあ、電車は乗るのも見るのも好きですが?」

実はこの本に収められている「ブルートレインの運転士にあこがれた少年」と同じように、私の生まれた実家も東海道線に比較的近い場所にありました。少年時代はブルートレインの写真を級友たちと見せ合い、寝台特急「富士」「はやぶさ」「さくら」などが走る勇姿を実際に見ては、鉄道旅行にあこがれるという日々でした。

そんな少年時代を過ごしていた私にとって、汽車にまつわる番組にかかわることになったのは何かの縁だったのかもしれません。今回、収められている10話は、それぞれが私にとっても思い出深い物語になりました。

とりわけ、自らの思い出を重ね合わせた物語があります。それは、上野駅を舞台にした「ふるさとへ続くレール」のエピソードです。生まれ故郷の東北を離れて、見知らぬ土地で働く集団就職の若者たちの話でした。

この回の番組をつくり上げていく過程で思い出したのは、もう30年も前、はじめて地方に転勤となった体験でした。向かったのは、四国・高松の地。静岡で育ち東京で勤務をしていた私にとって、それまでまったく訪れたことがない土地でした。

当時、日本地図を見て「東京からずいぶん遠くに行くことになるな」と思いながら、あえて飛行機でも新幹線でもなく、寝台列車に乗り込むことにしました。そうすれば、見知らぬ土地に赴任する覚悟がわくのではないか。そう思ったのです。

車窓から見えた夜空に浮かび上がった東京タワー。東京を出発して、だんだん小さくなっていく東京タワーのライトアップを眺めながら、期待と不安が入り混じった何とも言えない気持ちでいっぱいでした。

この「ふるさとへ続くレール」の回で登場した、「金の卵」と呼ばれた、まだ年端もいかない若者たちは故郷青森の駅を背にして、だんだん小さくなっていく故郷の風景や山々をどんな気持ちで眺めていたのだろう？　覚悟やさびしさはどのようなものだったのだろう？

私は寝台列車で揺られた当時の自分を重ねて編集画面に向かいました。そして、歳を経るごとに生まれ故郷よりも仕事で暮らす土地のほうが、何となくホッとしてしまうというくだりでは、故郷を離れて30年余という月日が過ぎているので、登場人物に共感を覚える自分自身がいました。

〝ふるさと〟を思う気持ちはよくも悪くも月日とともに変わっていく……。懐かしさとさびしさが入り混じる気持ち。そんなことを感じながら、生まれ故郷で暮らす両親のことを考えました。

この「沁みる夜汽車」という番組は、登場人物それぞれの人生を描いていますが、その境遇や風景に、観る人は自分の過去に思いをはせ、想像し、気持ちを重ねて共有してくださる。この過程が〝沁みる〟ことなのではと思っています。

番組を立ち上げるとき、すでに定年退職されていたドキュメンタリー番組の大先輩は、企画書の概要を聞くなり私にこういいました。

「単に感動させるのではなく、沁みてもらうのは、本当に大変だぞ」

この予告通り〝沁みる〟とは何なのか。悪戦苦闘した日々でした。


このエピソードをまとめ上げていく打ち合わせの過程で、私は何度も、渋谷駅から、東京の私鉄、京王井の頭線を利用しました。夕焼けに染まる駅前の商店街。行き交う人を縫うように、自転車に子どもを乗せて、帰宅を急ぐ母親たちの姿。おしゃべりをしながら踏切の遮断機が開くのを待っている高校生。

沿線の風景に溶け込む、一人ひとりにそれぞれの物語がある……。

いつかこの京王井の頭線の風景とともに「沁みる夜汽車」のエピソードを描いてみたいと思いながらたびたび眺めていました。人それぞれにある、大切な〝沁みる〟エピソード。そんな物語を伝えていくこの番組がこれからも、ずっと続いていくことを心から願っています。

この本には、番組では紹介しきれなかった内容も新たに加えています。読者の方たちが、登場するそれぞれの主人公のやさしさ、悲しみ、喜びを深く感じていただければうれしい限りです。

最後になりましたが、番組の取材にかかわっていただいた多くの皆様、制作にご尽力いただいた関係者の方々に厚く御礼申し上げます。

制作会社ロビー・ピクチャーズの藤田裕一プロデューサーとBS1の編成の担当者には、番組の企画段階から「沁みる夜汽車」の放送に向けて協力してもらい、ここまで番組を続けることができました。とくに藤田プロデューサーには、多くのスタッフをまとめ上げてもらい、まさに一丸となって番組作りを進めてくれました。

NHKコンテンツ開発センターの猪俣修一チーフプロデューサーには、立ち上げから苦楽をともにし、番組制作をさせてもらいました。編集作業でも、最後の最後まで粘り、番組のクオリティーを上げてくれました。

書籍の出版にあたって、NHK関連事業局並びにNHKグローバルメディアサービスの涌井良介さんに数々のサポートをしてもらいました。

そしてビジネス社の大森勇輝さんには、第2弾を出版したいというお話から、書籍に仕上げるまで時間がないなかで追加取材し、番組で紹介できなかった新たな内容まで拾い上げていただきました。また、取材先に真摯に向かい合ったディレクターやりサーチャーたちの地道な取材があってこそ、この書籍を出すことができました。厚く御礼申し上げます。

また、番組制作にあたり取材を引き受けていただいた方々、ご家族、関係者の皆様、貴重な時間を割いて実際に出演を引き受けてくださいました方々、ご協力いただきました鉄道会社の方々に心より深く御礼を申し上げます。

2020年10月吉日

NHKグローバルメディアサービス　チーフプロデューサー（当時）
室伏剛
（現・NHK甲府放送局　放送部長）

[著者]

NHK 沁《し》みる夜汽車制作チーム

「沁《し》みる夜汽車」の物語2

2020年11月16日　　第1刷発行

著　者　NHK 沁《し》みる夜汽車制作チーム

発行者　唐津 隆

発行所　株式会社ビジネス社

〒162-0805　東京都新宿区矢来町114番地 神楽坂高橋ビル5F
電話　03(5227)1602　FAX　03(5227)1603
http://www.business-sha.co.jp

〈印刷・製本〉シナノ パブリッシング プレス
〈編集担当〉大森勇輝　〈営業担当〉山口健志

ISBN978-4-8284-2213-8